澤木耕太郎

旅する力―深夜特急ノート

張秋明　譯

深夜特急最終回

SAWAKI Kotaro

旅行的力量

第4便　旅する力

4

特別版作者序

重生——致臺灣的新讀者

從去年到今年，日本的TBS廣播電臺播放了一檔朗讀《深夜特急》全文的廣播節目。這個節目在每晚十一點左右播出約三十分鐘，雖說是週一到週五連續播放，卻也持續了將近一年之久。

朗讀者是演員齋藤工先生，他在繁忙的行程中，完成了這一年的朗讀。

我從二十六歲開啟的《深夜特急》之旅，也是一段歷時整整一年的漫長旅程。然後，我將這趟旅程寫成三部遊記出版，耗費我人生中好長一段年歲。

不過，朗讀《深夜特急》並將全書有聲化的過程，似乎也需要極其龐大的時間和精力。每晚，齋藤先生那低沉柔和的聲音從廣播中流瀉出來。我在聆聽他朗讀《深夜特急》時，往往感到奇妙，暗忖著這真的是我寫的文字嗎？

因為他的朗讀，這本書變得更加有趣、驚險、幽默、哀傷，有時則顯得無比美麗。

回想起來，二十多年前，《深夜特急》曾被改編成電視劇。

主角是大澤隆夫先生。如今，他已是日本電影界舉足輕重的演員，能夠駕馭形形色色的劇中人物，但當時他還是一位乍看之下有些青澀、對未來充滿迷茫的年輕演員。

然而，就像當年二十六歲的我，為了拍攝，大澤先生也展開了橫越歐亞大陸的長途旅行。在這段旅程中，他和我一樣有所改變，成為一位既勇敢又堅韌的演員。

拍攝歷時約三年。我在拍攝的最後一站倫敦迎接攝製組。當時，我觀察到大澤先生因為旅途中的勞頓，整個人顯得消瘦黝黑，卻也同時驚訝地發現，他似乎變得更強壯了。

齋藤工先生和大澤隆夫先生這兩位日本優秀的演員，透過聲音和影像重新詮釋《深夜特急》，賦予了這部作品新的生命力。

不，也許不只是齋藤先生和大澤先生，所有《深夜特急》的讀者都經由閱讀這本書，讓《深夜特急》的世界再次躍然紙上。無論是少年、青年、中年、老年，無論是男性還是女性，讀者與主人公「我」一同遠征歐亞大陸的盡頭，一同為作品注入新的活力。

《深夜特急》的主人公「我」，也就是新的讀者「你」。我由衷盼望《深夜特急》的世界能充滿朝氣地重生在你我面前。

澤木耕太郎

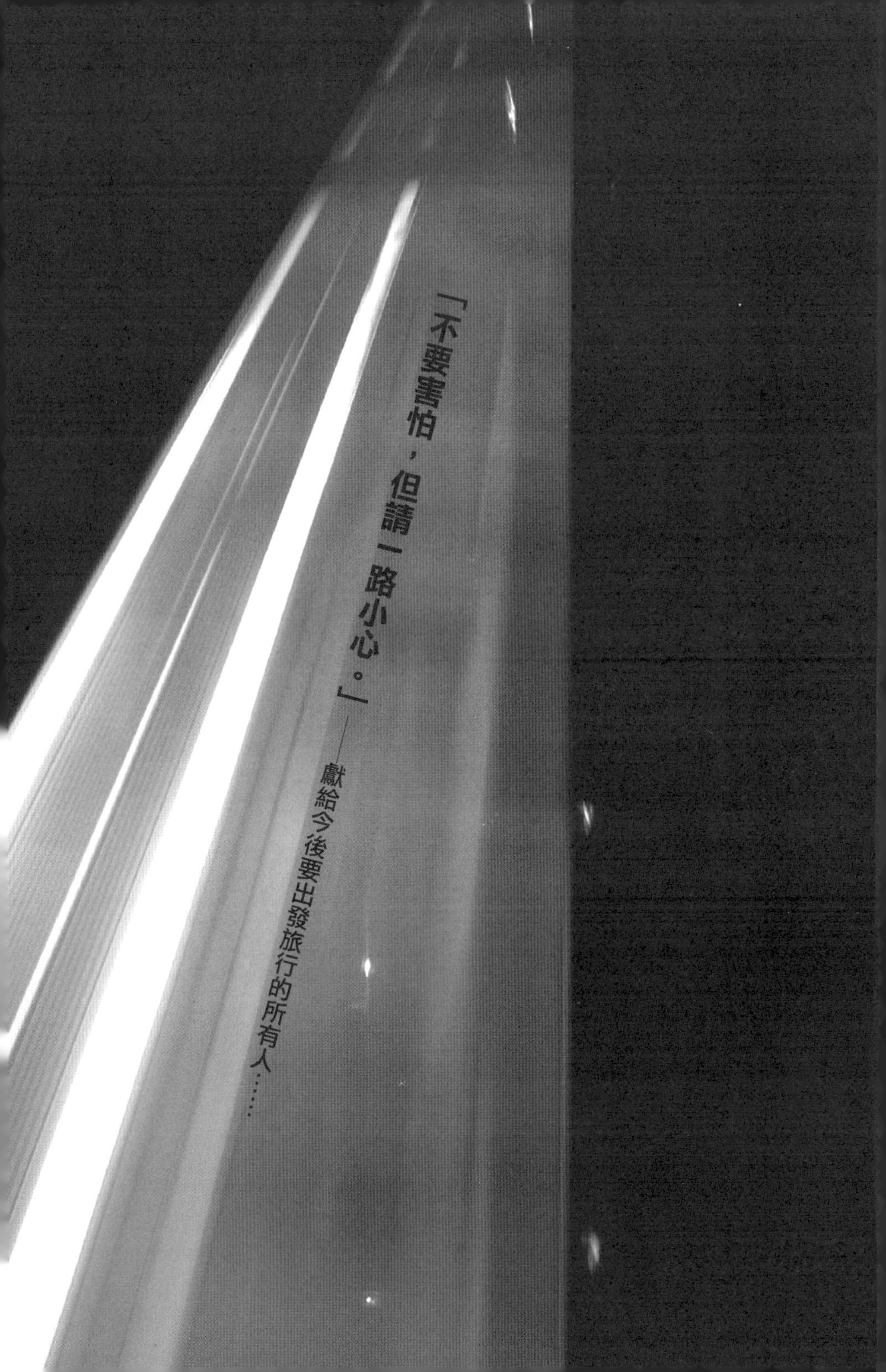

「不要害怕，但請一路小心。」

——獻給今後要出發旅行的所有人……

深夜特急最終回
旅行的力量

目次

特別版作者序　重生——致臺灣的新讀者　3
中文版序　名為偶然的寶物——寫給臺灣讀者　9
序章　做出旅行　13
人會出門旅行。但那場旅行並非存在於某處，而是要由旅行的人去做出來。不是「迫不得已的旅行」，一旦想要開始「夢想之旅」時……
第一章　旅行這種病　21
如果說旅行是一種病，那我是從什麼時候罹患上旅行的病呢？是不是小時候一個人搭上電車的那一次旅行呢……
第二章　旅行的開始　71
到底走陸路能到達倫敦嗎？推了一把心懷不安躊躇不前的我，是刊登在雜誌上那篇文章的一段文字……

第三章 以旅行為生 101
那一次旅行最幸運的是，踏出的第一步選擇了香港，因為可以從那裡慢慢地開始習慣什麼是異國……

第四章 旅行的去向 159
旅行歸來的我，回到了跟以前沒什麼兩樣的日常生活。當時並不知道會有另一場更長遠的旅行在等著我，也就是寫《深夜特急》這本書……

第五章 旅行的記憶 213
不管活到多大歲數都能旅行，然而旅行或許有適合某種年齡的旅行吧？不到那種年齡就無法成行的旅行……

終章 旅行的力量 239
旅行讓我認識了自己的「能耐」有多少，然而加重我「能耐」的，或許也是那些穿越困難的旅行吧……

結語 251

中文版序
名為偶然的寶物——寫給臺灣讀者

我第一次造訪臺灣是在二十多歲的時候——

我從臺北到臺中、從高雄往臺東移動，因為聽說那裡住有傳聞可能是日本人祖先的「雅美族」，所以我之後還去了蘭嶼。

「雅美族」，以第二次世界大戰之前的日式說法稱為「高砂族」，我還聽說上了年紀的「雅美族」人至今還常使用日語交談。

現在因為有核電相關設備而聞名的蘭嶼，過去曾是蓋有監獄的小島。大概是擔心逃獄事件的發生吧，這兒沒有定期船隻通行，前往小島的唯一方法是搭乘輕航機——過去蘭嶼就是這樣的一個離島。

然而我是在完全不知道有監獄存在的情況下，單純地只是想去離島看看，懷抱著去看見雅美族人的浪漫想法搭乘輕航機前去。

我在飛往蘭嶼的輕航機上認識了母子三人——年輕的母親帶著兩名應該是就讀小學低

年級的小男孩。我這才知道蘭嶼有監獄，他們似乎正要去探望被關進監獄裡的男主人。

一住進島上唯一的民宿後，民宿主人立刻開車送他們母子到監獄。據說監獄有提供探監者的住宿設施，但只能讓罪犯和家人共住一晚，所以在等待獲准入住的隔天下午前，民宿主人怕小男孩們覺得無聊，便提議開車帶他們去島上走走。小男孩們因為已經跟我混熟了，就要我陪他們一起去，結果，我沒有去看「雅美族」人，反而是選擇成為小男孩們的玩伴。

雖然語言不通，但還是能靠筆談進行最低限度的溝通。我在跟海岸線相連的奇岩前幫他們拍照、也教他們如何用小石子在海面上打水漂兒等消磨時光。

隔天，要搭上去看父親的車子時，令人驚訝地是那兩個小男孩居然因為捨不得離開我而淚汪汪的。前後不到兩天，只因有過共處的時光而捨不得地跟我分手流淚，他們的淚水深深打動了我的心。

我的第一次臺灣之旅，儘管還去了其它很多地方，卻對蘭嶼的三天兩夜印象特別深刻，那應該是偶然為我準備的無法預期之旅吧！

如今我有時還會突然想起他們——兩個小男孩不知道長大後是什麼樣子、年輕母親的丈夫從監獄出來後，是否能順利適應社會等等。

人會出門旅行，但那場旅行並非存在於某處，而是要由旅行的人去做出來。

那個時候，具有重大意義的是偶然，因為偶然的溫柔對待，才能做出新鮮的旅行。

至於在「偶然的溫柔對待」時所需要的東西，應該可說是一種「旅行的力量」。若要細分「旅行的力量」，則可分為吃的力量、喝的力量、睡的力量、問的力量、預測的力量，以及決斷的力量等。

沒錯，換言之，「旅行的力量」等於「生存的力量」。我個人認為，經由旅行所學會的力量，可增長自己的能耐，結果也就等於增長了生存的力量。

二〇一二年二月

澤木耕太郎

序章 做出旅行

旅行是什麼？關於這個問題，應該有無數的答案。但我認為大槻文彥在《大言海》中所做的定義最為貼切——

『離家遠行，途中發生的事』

他說，旅行是途中發生的事。因此讓我產生人生跟旅行很相似，或者說旅行就像是人生的感覺——因為人生也可以被定義為「途中發生的事」。

杜魯門．卡波提《第凡內早餐》的女主角高荷莉在她的名片印上了「traveling（旅行中）」的文字。對她而言，不管是南美的海邊或是非洲叢林，就連住在紐約曼哈頓鬧區裡的公寓裡，「traveling（旅行中）」的感覺依然不變，高荷莉可說是「走在途中的人」。

然而旅行同時也有其終點，有始，有終，從而讓做出旅行的要素得以穿插其中。

人會出門旅行，但那場旅行並非存在於某處，而是要由旅行的人去做出來。

就算是完全制式路線的團體旅行，在某些地方，也還是保有這場旅行出自該人之手的因素。

例如，一名女性參加了環遊紅髮安妮《清秀佳人》的舞臺——加拿大愛德華王子島的套裝行程，起因是她一直有個夢想，要造訪安雪莉走過的土地。

又或者有個年輕人跟團到義大利米蘭看ＡＣ米蘭和英特爾隊的足球賽，他在比賽隔天的自由活動日或許會前往過去日本明星球員所屬球隊的大本營——帕爾馬——因為此地距離米蘭不遠，可以輕鬆地一日往返。說不定在當地餐館品嘗過拌有帕爾馬火腿和乾酪的義大利麵後，會不經意地走進一座古老的城堡，發現李奧納多．達文西的一張小素描，一張也是畫著美麗女子的素描，驚呼：居然在這種地方也會有達文西的畫——旅行就是像這樣被做出來的。

更別說一切都依個人喜好所安排的自由行了，要去哪裡、要走什麼路線、要停留多久、在當地要做什麼……所有決定都跟做出旅行直接可以畫上等號。

所以說，旅行並非存在於某處，而是要由旅行的人自己去做出來。不管什麼樣的旅行，因為是由旅行的人自己去做出來，旅行的風貌才能逐漸成形。

美國有位女作家，名叫安．泰勒（Anne Tyler），她在美國固然是位暢銷作家，但在日本，其翻譯作品並不多。不料，有一陣子卻一連出版了兩本她的日文版小說，對我而言，那兩本書帶給了我思考「旅行之為物」的重要契機。

其中一本是《夢想的旅行》（*Earthly Possessions*，臺譯《末路迷情》），另一本則是《意外的旅客》（*The Accidental Tourist*）。

安．泰勒的第七部長篇小說《夢想的旅行》，主角是一名平凡的家庭主婦夏綠蒂，故事從她到銀行櫃臺排隊等著辦事，卻被銀行強盜當成人質帶走開始說起。就在夏洛蒂跟年輕的搶匪踏上奇妙的旅程時，才逐漸想起自己到銀行櫃臺辦事的理由——原來她正打算領錢好離家出走。換句話說，她期盼的離家出走竟然因為這個無法預期的事件得以實現。

另一方面，安．泰勒的第十部長篇小說《意外的旅客》則是以旅遊作家麥肯為主角。麥肯所寫的《意外的旅客》系列，旨趣和一般的旅遊書不同，如果說一般旅遊書是寫給期待到有別於日常生活的空間進行特別體驗的人看，麥肯所寫的資訊則是提供給旅客如何在異國過著和平常沒什麼兩樣的日子。因此，首先著墨的是在抵達目的地之前要先做好心理準備；行李最好精簡到可以手提帶上飛機；而因寄交和領取大件行李都很浪費時間，所以也只帶一套髒了也不太明顯的灰色西裝直接穿在身上即可；同時考慮在機艙內的舒適度，一旦找到座位後便立刻翻開厚厚的書本閱讀，這樣即可避開鄰座的搭訕……

就像是會寫這種旅遊書的人一樣，麥肯的生活作息也保有固定的「喜好」和「系統」：從開車到刷牙，從餐具的收納方式到淋浴的時間，都有一套堅不可摧的規定。結果，因為兩名女性的出現，和她們時而悲劇性、時而喜劇性的「喜好和系統的差異」，自然產生了衝突。

拍成電影的《意外的旅客》由威廉．赫特主演，日本的片名翻譯為《偶然的旅行者》。的確，accidental 一詞不能說沒有「偶然的」意思，但在這裡應該比較偏向「湊巧」

的味道。所謂的The Accidental Tourist，並非偶然的旅行者，而只是剛好在旅行的人。也就是說，旅行不是其目的，對其而言旅行不過是附屬品而已，像是因公出差或義務性的訪問，而不得不出門旅行的人就屬於此類。

我覺得這兩本小說都很好看，話雖如此，對我來說重要的卻不是這兩本小說的內容，帶給我思考「旅行」這個主題的契機，則是因為書名。

首先是夢想的旅行，其實原文不是這個意思，內容也和日文書名有些偏離，是夢想的旅行這個詞彙具有喚起各種念頭的力量。

其次是意外的旅客，這個書名能帶出不得已的旅人，或是不得已的旅行等詞彙。

夢想的旅行和不得已的旅行——

我認為這兩個詞彙可以明顯點出旅行所具備之兩種性格。

人在繼續莫可奈何的旅行時，偶爾也會遇到一段夢想的旅行。當然，不得已的旅行也不見得就沒有「做」的要素，一如《意外的旅客》中的麥肯和他的讀者們，希望在旅行途中過著和平常一樣的生活，就某種意義來說，也是在做出一種旅行。

然而如果「做出」旅行具有重要意義的話，則肯定跟夢想的旅行有所關聯。

例如，《意外的旅客》中出現了一位名叫妙麗的年輕女子，麥肯在歷經兒子夭折、和妻子分居後，因為小狗撮合的緣分而與她同居在一起。不過後來麥肯還是跟妙麗分手，重新又回到了妻子身邊。有一天，麥肯為了取材前往巴黎時，眼前突然看見以前就很想到法國旅行的妙麗身影……麥肯的「不得已的旅行」和妙麗的「夢想的旅行」就這樣交織在一起，結果麥肯的「不得已的旅行」也開始起了變化……

妙麗「夢想的旅行」的「夢」只是想要去法國看看，十分單純，卻在她令人難以招架的堅強行動力之下得以具體化，進而獲得對自己而言十分重要的東西。

「你的房間比我的大。」她說。然後穿過他的身旁走到窗邊：「不過風景還是我的房間比較好看。麥肯，我們現在真的是在巴黎呀！巴黎的公車司機說可能會下雨，我回答那無所謂，因為不管是雨天還是晴天，巴黎就是巴黎。」

夢想萌生，然後加以具體化，實現夢想，旅行就是像這樣做出來的。不過，作法當然會因人而異。正因為如此，即便擁有類似的夢想，卻會做出完全不同的旅行。

同樣是美國作家、《憤怒的葡萄》作者約翰・史坦貝克也有一部名為《查理與我：史坦貝克攜犬橫越美國》的作品，那是他和愛犬查理，開著跟唐吉軻德愛馬同名的車子「南西羅帖」周遊美國的紀錄。

史坦貝克在書中這麼說：

（旅行）是一種個體，自有其性格、風格、個性和獨特性；旅行是人，絕無雷同。

我在二十六歲那年決定完成橫跨歐亞大陸的長途旅行：從德里出發一路搭乘巴士前往倫敦。雖然後來也寫成了《深夜特急》的遊記，但起心動念卻是極其單純的「夢想」。或許也有其他人抱著跟我相類似的夢想吧？然而在我將該夢想具體化、實現的過程中，換言之，在我將「夢想的旅行」化為現實的過程中，我做出了「我的旅行」，我做出了世界上獨一無二的「我的旅行」。

第一章 旅行這種病

那個小旅行或許就是一切的開端也說不定

史坦貝克在《查理與我：史坦貝克攜犬橫越美國》書中不經意地穿插了許多有關旅行的省思，例如剛開始就有下列的一段文字：

小時候很想要出去玩時，大人就會對我說：「等長大後就不會那麼心癢癢的。」以年齡來說，大概就是所謂的加入大人行列，活到中年就會心如止水了吧？可是一旦進入中年後，長輩又會說：「等年紀再更大些，那種毛病就會好。」如今，我五十八歲，都活到這個歲數了，應該已經沒問題才對！沒想到我的老毛病依舊不改。

的確，旅行或許是一種病！而且是永遠都治不好的病。如果說想要旅行的願望是一種病，那我是從什麼時候起罹患上這種病的呢？是讀中學的時候嗎？還是上了高中以後呢？回顧過去探索記憶，浮現出一個光景：在一條小店林立的街上，有許多男人對著路上行人聲嘶力竭地叫賣……

那是我讀小學三年級或四年級的時候吧？一個星期天的上午，我到好朋友家玩——由於朋友平日都要上才藝班，這在當年算是不常見，只有星期天才能放鬆心情好好玩——因此玩耍的時候，我們會從早到晚都在一起。剛開始的時候，到了中午我會先回家一趟用餐，後來因為搬了家距離有點遠，便經常留在朋友家吃午飯。

那一天，跟平常一樣吃完午餐後，正想要繼續玩下去時，只見朋友的母親一臉歉然地說：「不好意思，待會兒我們要去松坂屋。」

我立刻明白朋友母親話中的意思，趕緊回答：「那我也要回去了。」

跟朋友道別後，在回家的路上，腦海中始終對朋友母親說的「松坂屋」這個名字留有深刻的印象。

隱隱約約可以推測知道是間百貨公司的名字，到底，「松坂屋」是間什麼樣的百貨公司呢？

回到家後我還是對「松坂屋」一直念念不忘，不只是因為到傍晚之前失去了玩伴的寂寞所致，或許也因為很羨慕朋友能夠在那個叫做「松坂屋」的地方享受快樂的時光吧。

這時突然起了乾脆自己也去那家「松坂屋」看看的念頭，儘管我不知道「松坂屋」在哪裡，也不知道該怎麼去，卻一點也不認為自己去不了。而是一心想著或許自己到了「松坂屋」剛好遇見朋友，對方一定會很驚訝，於是我們又能跟平常一樣繼續下午的遊戲⋯⋯

問題是「松坂屋」到底在哪裡呢？朋友家有公務車，但沒有私家車，就算有私家車，當時幾乎也沒有家庭會做出開車到百貨公司逛的舉動，而是搭電車去的。「松坂屋」是位於哪一站呢？如果跑去問母親，恐怕會被質疑「幹麼要問」，一旦說明理由後，肯定會被告誡不可以那麼做。即便是年幼如我，也知道那是一種很缺乏常識的作為。可是我真的很想看到路上偶遇時，朋友一家驚訝的表情。

我將自己僅有的一點零用錢放進口袋，往大森車站走去。

到了車站，站在賣車票的窗口前，猶豫著不知道該問誰才好。窗口裡的男人看起來很可怕，站在剪票口的站務人員似乎有些無聊地在玩手上的票剪，問路人也讓我覺得很難為情……這時站前小店裡的大娘正好映入眼簾，看起來人很好的樣子。好吧，就問那位大娘吧！

「請問松坂屋在哪一站下？」我問。

沒想到大娘給了一個出乎意料之外的答案——

「哪一家松坂屋？」

「哪一家？」

「松坂屋有兩家呀。」

我覺得很困擾，臨機一動說：「那可不可以兩家都告訴我。」

「一家在御徒町站附近。另一家則在銀座，從這裡去在新橋站下車，稍微走一下就到了。」

我道謝後離開小店，又回到賣車票的窗口前——窗口上方掛著畫有山手線和京濱東北線路線圖的黑色告示板。一邊抬頭仰望，年幼的我心想：根據路線圖：雖然比起御徒町，新橋站要近點，但百貨公司離車站有些距離頗令人在意。如果是朋友一家人會選擇逛哪一家呢？應該會選擇離車站較近的吧？

買好到御徒町站的車票，我搭上了京濱東北線的電車。

那是我有生以來頭一次自己買車票、自己一個人決定搭上電車到某處的經驗。

為了避免坐過站，每一站車停時，我都拚命唸出寫在月臺柱子上的站名，好不容易在御徒町那一站下了車。

一走出剪票口，又立刻找小店的大娘問路：

「請問到松坂屋怎麼走？」

「就在那裡呀。」

走出車站，順著大娘所指的方向前進，立刻就看見豎有「松坂屋」招牌的建築物。

走進百貨公司，裡面簡直是人滿為患。

可能是當時的娛樂場所不多，也或許是因為包含御徒町在內的上野一帶發揮了比現在更重要的鬧區功能吧？總之，狹小的通道上擠滿了來購物的客人。當下我便明白就算朋友一家人來逛的是這間松坂屋，我們將在此巧遇的想法是多麼地不切實際。

我從一樓走到屋頂，已完全放棄遇到朋友的可能性。

離開松坂屋後，接著我又開始以探險周遭的心情逛起街來，沒想到跨過一條大馬路後，竟是一個異樣的空間。

那裡一樣也擠滿了人，卻有著完全不同於百貨公司的活力——正面道路上有人用類似長尺的棍棒一邊拍打堆高的紙箱一邊叫賣商品；經過賣海鮮類產品的店家前，則是聽到許多男人聲嘶力竭地在招攬客人；而在探頭往小巷裡看時，還看到一間又一間賣著不怎麼新的外國製包包、皮帶和衣服的小店林立。

如今回想那裡應該就是阿美橫市場吧，只是年紀還小的我一點也不知道。但我很清楚那是不屬於自己生活圈裡的事物，一路心情雀躍地走走停停、東張西望。

途中還買了一枝紅豆冰棒邊走邊吃，仔細認真地逛遍每一條小巷。

那天回到家時，天色已經很晚了，但還不至於到讓父母擔心的程度。也因為這樣，對於我的第一次旅行，父母一點也沒有起疑，沒有問東問西，我才能悄悄地藏在心裡。

我不知道那一次的經驗帶給自己什麼樣的影響。

只是如今回想，在那個時候我就能領略逛街的樂趣，不禁感到很不可思議，而逛街的樂趣正是構成我的旅行一項很重要的要素。

總之，這一場的小旅行是我有生以來第一次自己一個人上路，感覺應該就是一切的始源吧！我大概就是在這個時候罹患了「旅行這種病」。

最初的獨自旅行不過只是一天就告結束的逃家行

中學時期的我有過三次重大旅行。

一次是在中學二年級的暑假，和三名同學到千葉的御宿旅行——我們四個中學生到其中一人家裡的別墅過著自炊的生活。其實，與其說是別墅，應該說是類似海邊小屋的房子吧？不過包含能跟當地居民打成一片，對我而言那都算是一次充滿刺激的經驗。

另外一次也是同樣成員，我們在升上三年級的那年春假進行了一場從箱根走到湯河原的下山之旅。只因為其中一人的祖父母在湯河原經營一家溫泉旅館老店，記不得是誰的提議，我們主要目的就是想到那裡住宿一晚。不料半途中遇到突如其來的下雪，差點迷了路。後來好不容易走到了湯河原，但是輕裝便服的我們早已經冷得渾身顫抖。一抵達目的地的旅館，當然立刻要求泡溫泉，至今我還清楚記得凍僵的身體一碰到熱水時的那種刺痛感。對於當年的我而言，那次的旅行可說是一場大冒險。

還有一次則是在中學三年級暑假，自己一個人去大島的旅行。就旅行而言，儘管這一次的結局更為悲慘，但對我來說，卻留下了比在御宿的日子和湯河原之旅更深的印象。大概是因為以真正的意義來看，那一次的旅行才算是我人生第一次的獨自旅行吧。

我在學校同時加入了棒球社和田徑社兩個社團，當夏季運動大會已然結束後，三年級的老鳥便處於「退休」狀態，因此我決定要獨自去旅行。照理說，接下來應該是要全力衝刺高中聯考的備戰時期，不過我對考高中的興趣不大。

至於為什麼是一個人的旅行？恐怕得從中學二年級時父親買給我的——小田實的《什麼都要看看》說起，因為我覺得那是這一切的開端。只是直到今天我仍不明白父親為什麼會買那本書給中學生的我看，幾次想問都沒開口，機會卻在父親過世後永遠喪失了。

儘管是父親特意買給我的書，但我並沒有馬上拿起這本《什麼都要看看》閱讀。中學時期我很喜歡讀歷史小說，對遊記之類的則是毫無興趣。看到我一直擺在書桌上，父親說聲「如果你不看就先借我吧！」便拿走了。過了一陣子，父親看完後要還給我時，嘴裡嘟噥了一句，「要是這樣就好了……」

到底他是說如果自己是小田實就好了，還是身為兒子的我能夠像小田實就好了？因為已無法確認所以我也不知道。問題是聽到父親那麼說，我還是不想翻閱那本書。買給我大約兩個月後吧，因為我手邊沒有其他書可讀，只好「無可奈何」地拿起來看。如果說一讀之下，驚訝地發現竟是本十分有趣的書倒也還好，偏偏我覺得不怎麼樣。

《什麼都要看看》的腰帶上印有一句引人入勝的廣告詞「一天只花一美元的世界旅行」，可是書中完全沒有提到一天只花一美元旅行的具體方法。也就是說，我以為它是本旅遊「工具書」而開始閱讀，結果裡面寫的都是美國文化、世界的富裕度與貧窮度等理論性的內容，讓我覺得有些索然。

小田實先是以傅爾布萊特留學生[1]的身分到美國一年，與其說是去讀書，應該說是去生活。當然，那樣做也的確才是真正的學習。

在美停留期間結束後回日本時，小田實並非直接橫渡太平洋，而是反方向走大西洋，經由歐洲、亞洲回國，雖然沒什麼錢，但還好手上的是正規的機票，可以高興中途停靠在哪一航站就停靠在哪一航站。

以遊記來說，《什麼都要看看》是由前半部的一年「留美期間」和回程的「貧窮之旅」所構成的。如果內容真如腰帶上的廣告詞所言「一天只花一美元的世界旅行」的話，他就

1　一九四六年時由當時美國參議員J. William Fulbright所設立的國際獎學金，旨在增進友好國家與美國的相互理解。

應該寫上在美國住的是什麼樣的公寓、如何過日子，在歐洲和亞洲又是住宿在什麼樣的地方、吃些什麼食物才對，可是書中幾乎不見任何具體的「方法」，所以少年的我讀完後的感想，只覺得那是一本不怎樣的書。

不過，我有生以來第一次的獨自旅行則是在那不久之後。

我前往的地方是伊豆的大島——如今回想，自己也搞不清楚當初這個主意是怎麼生成的，說不定是讀了川端康成的《伊豆舞孃》而受到影響吧？固然還不至於以為親自跑大島一趟可能會遇到「舞孃」，倒是很有可能期待發生一些浪漫的插曲。

儘管內心抱有那樣的浪漫情懷，但考慮到實際問題，還是採用了最便宜的方式前往大島：從東京竹芝棧橋出發的三級船票很便宜，而且若是搭夜船，還可再省下一晚的住宿費用——只要晚上十點從竹芝棧橋出發，抵達大島的元町港剛好就在清晨五、六點。

當時還沒有旅行背包等方便的產品，我在簡陋的登山背包裡塞進一條毛毯便跳上夜船，當時還很天真地以為可以露宿野外好幾天才回家。

早晨一抵達港口，我二話不說就決定先爬上三原山，沿著指標，一路往山上走。

大約到半山腰時，看見一個年輕人準備在稀疏的灌木叢旁搭帳篷。經過時我輕輕點頭致意，對方也很開朗地回應。我們稍微聊了一下後，他很親切地提出邀約。

「你一個人嗎？我要在這附近搭帳篷住一陣子。要是你還沒確定住宿的地方，可以來跟我住。」

我很感謝有此幸運，還把背包寄放在他的帳篷處，繼續往山上邁進。可是邊往上爬時，心中千迴百轉，也就越覺得不大對勁。因為對方搭帳篷居然不去露營場，卻挑沒什麼人來往的地方。而且還肯讓素昧平生的我一起住，感覺有點怪怪的。這種「怪怪的」感覺，如果跟今天的少年一樣具有同性戀的相關知識，或許會往那個方向起疑，不過當時的我完全沒有那方面的知識，雖說心裡感覺怪怪的，也不過是一些荒唐無稽的想像：我猜想那個人搞不好犯了罪、從東京逃到這裡，比方說可能是侵占公款之類的吧？之所以沒有想到是殺人犯或銀行搶匪，則是因為對方給人一種知性的印象。

總之我爬到山頂，然後筋疲力盡地下山。上山時還不那麼覺得，越是靠近年輕男子的帳篷處，心情就越來越不安，來到帳篷前時，內心的恐懼已累積達到頂點。一看到在帳篷前起火的他，我很快地丟下一句，「我還是決定住朋友家」，便一把抓住自己的背包趕緊離開。這樣的舉動或許會讓年輕男子覺得「這傢伙真是莫名其妙！明明剛剛說還沒找到地方住的」，但我已經害怕到無暇擔心那麼多了。一口氣往下衝到港口，直接跳上早晨搭來的船回到東京。結果，我在大島沒有過夜只待了一天，換句話說，是嚇得逃回去了。

那天深夜回到家時，還被姊姊她們笑說：「咦？不是說要去一個禮拜嗎？」讓我很難為情。她們不斷追問原因「為什麼那麼快就回來了」，我卻無法解釋清楚，印象中是用「嗯，感覺好像很無聊」的理由給搪塞過去。不過姊姊她們似乎很清楚我是逃回來的。

就這樣，我人生第一次的獨自旅行淒慘落幕，但我並沒有因此就退避三舍，一年半後，高一結束那年的春假，我又計畫了東北一周的大旅行。旅費是平常當附近小孩的家庭教師存下來的，總額大約有五千塊吧。

當時的國鐵，也就是現在的ＪＲ，有發行一種名叫「均一周遊券」的票，在北海道、東北或九州等一定區域內可自由上下車，就像是期間限定的無限周遊券一樣。除了特急以外，搭幾次急行都無所謂。在東京購買東北的均一周遊券，使用期間為十二天，學生優惠價為兩千五、六百元左右，從磐越東、西線往北去，之後的地區都能自由上下車。比起現在，那個時候急行和準急的夜車班次比較多，所以這種票真可說是專為貧窮旅行的年輕人而設，假如想要節省住宿費用，不妨多搭乘長距離的夜行列車。

我打算遊東北一周，倒也不是特別想去東北看看，而是因為東北本線和奧羽本線的路線長且夜行列車較多的關係。換句話說，對於省下住宿費很有幫助，畢竟以我的財務狀況，買了均一周遊券後，剩下的現金不到兩千塊，也只能選擇搭乘夜行列車了。實務上大概就是第一天在奧羽本線開往秋田的急行中睡一晚；隔天睡在青森開往東京的東北本線準急中，於福島下車；第三天再搭乘東北本線開往青森的急行回到盛岡後，借用車站裡長椅假寐……一路上幾乎都沒用到住宿費用。

像這樣子旅行，一下子就用完了十二天的使用期限。相對於去大島時不過才一天的落荒而逃，這回的東北一周旅行則是用盡期限到處走透透。

到底有什麼不同呢？難道十四歲和十六歲的年齡差異有這麼大嗎？還是說儘管只是一天，但曾經獨自旅行的經驗在此起了作用呢？

總而言之，這趟東北一周旅行對日後的我具有重大的意義——當時的我還不明瞭那是什麼，我想這件事帶給我相當大的自信——用自己賺的錢，自己計畫，自己一人完成了旅行，而且在這趟旅行中也接受到許多人們以各種方式的親切對待，在奧羽本線的夜行列車中、在男鹿半島寒風山的登山小路上、在仙台的餐館裡……

在北上車站裡還有過這種事——那天夜裡決定睡在車站的我躺在長椅上、拿出自備的毯子蓋著，別的長椅上躺著一個類似遊民的男人……剛開始我雖有些害怕而無法入睡，但最後還是敵不住疲倦睡著了，到深夜時，我因為覺得很冷而醒來，這時發現原本睡在別張長椅上的男人逐漸靠近我，我嚇得趕緊假裝熟睡。男人來到我的長椅旁邊，停在我面前，我的心臟就像「擂鼓」般敲個不停。這時男人蹲了下來，從地上撿起了什麼東西，蓋在我身上——那是我的毯子，原來他是來幫我撿起我不知不覺間滑落的毯子，並重新幫我蓋上。

旅途中不只是受到親切的對待，另外還有各式各樣的際遇——在田澤湖畔採集美麗的細沙好當作禮物帶回；在青森黑石溫泉和福島岳溫泉嘗試到混浴的滋味；在津輕半島跟著滿口津輕方言的老婆婆搭同一班火車前往半島頂端，一路上的「交談」卻是有聽沒有懂。十二天大動作地東奔西跑，雖然筋疲力盡，也很心滿意足地回到東京。

仔細想想，去大島那年的十四歲和東北一周旅行的十六歲，我的父母居然可以默許我獨自上路，他們一定很擔心吧？可是他們不但沒有說「不准去」，也沒有千交代萬叮嚀，只說了聲「路上小心」並目送我出門。如今我也到了當年他們的歲數，實際上也有了小孩，這才明白那其實需要有相當的勇氣才行。

剛從東北回來時還不覺得，過了一陣子後，重新翻閱《什麼都要看看》才恍然大悟，原來我的東北一周旅行跟《什麼都要看看》裡的小田實以世界為對象所作的獨自旅行是同一回事。就拿車票來說吧，不同的只是小田實擁有可自由上下飛機的世界一周機票，而到我手上就變成國鐵的均一周遊券而已。我在火車中、車站的長椅上睡覺，小田實同樣也是睡在機艙中和路上。而最相像的是我們都在不同的土地接受到各式各樣人們親切的對待，只不過我在日本，小田實在全世界。

——怎麼會這麼棒呢！

又過了一陣子後，我又有了更重要的體會——《什麼都要看看》一書雖然沒有具體介紹「一天只花一美元」的旅行方法，但小田實早在我不經意間將「想要旅行」的熱情滿滿貫注在我心中。

新的旅行出發點是大阪道頓崛

在我十六歲那年完成東北一周旅行之後，從高中到大學期間，只要一遇到長假，我就會一個人到國內旅遊。當時使用的有北海道、南近畿、四國、山陰、九州等區域的均一周遊券。如今回想，雖然是走馬看花，但在大學畢業以前我幾乎已經走遍了日本各地。

然而大學畢業一年後，我前往大阪時又重新開始有那種「第一次旅行」的感受。當然我並非第一次到大阪，畢竟前往四國、九州時都必須經過該地，而且遊走關西地區時也曾停留過好幾天，可是當時我總覺得搞不好會在這裡遇到完全不同於以往經驗過的、新的旅行。

話雖如此，我卻一點也不記得當時是用什麼交通工具前往大阪的：是搭飛機還是新幹線呢？而且我雖然有住宿，卻對住在什麼樣的飯店毫無印象，唯一清楚記得的就是來大阪第二天晚上吃的那頓飯。

在友人的帶路下，我們去了道頓堀，走進建於街角的古老高級日式餐廳，據說那裡可是壽喜燒火鍋的名店。

少年時代，父親曾帶我去過淺草的一家壽喜燒火鍋老店，那裡的座位是「大通鋪式」，隔著紙屏風就能聽見鄰桌客人的聲音。

而道頓堀的那家店則不一樣，走進氣派的大門後，得先脫鞋才能入店內，在身穿和服的女服務生引導下，穿越擦拭得光可鑑人的幽暗走廊。一進入包廂後，全程都有專門的女服務生幫忙用鐵鍋煎烤一片又一片柔軟的大塊牛肉，蔬菜和豆腐則是之後才下鍋。當然，應該也有其他客人上門才對，但在包廂裡卻完全聽不到什麼，只有在上廁所時才會從兩側的包廂聽見說話聲。

當時，我是為了採訪在大阪舉辦的運動盛事而離開東京，過去我從來沒有這種取得通行證採訪運動盛事的經驗，甚至也沒有留宿在當地取材過，那一次的大阪行，對我而言一切都是全新的體驗。

吃著女服務生幫我挾的、甜美而柔軟的肉片，心想搞不好自己即將要踏入一種不可思議的世界，光是一踏進店裡古老而幽暗的長廊時，就有一種也許另一頭將是令人雀躍的光輝世界感覺。

過去我將有關運動的報導文字集結成第一本作品集《不敗的人們》時，曾在「結語」這麼寫著：

『……於是，寫完〈石嶋光[2]，你成功了〉時，我看到了另一條自己可以踏上的途徑。』

的確也是那樣，我確實是在一九七二年夏天採訪「第三十九屆日本馬賽」寫出〈石嶋光，你成功了〉的報導時，很驚訝地發現原來寫運動的世界，或者說是輸贏的世界，竟有如此刺激的感受。

也許這段文字會讓人以為〈石嶋光，你成功了〉是我描寫運動世界的處女作，其實並不然，早在那半年前我就寫過一篇有關運動的報導，只是自己沒有意識到罷了。

——那是TBS電視臺發行的廣電專刊《調查情報》，於一九七二年一月號所刊登的〈儀式〉。

接到那項工作是在一九七一年的十月，我從當年還未回歸日本的沖繩回到東京時，就接到《調查情報》編輯部的迫不及待聯絡。

2 日本賽馬，於一九七二年榮獲菊花獎和有馬紀念獎。

我和《調查情報》的交情是從那之前兩個月開始的——大學畢業一年，不過才寫了〈駐防軍的藍調〉和〈這群寂寞的求道者〉等兩篇報導的菜鳥作家，有一天突然接到電話，原來是看了〈這群寂寞的求道者〉的《調查情報》編輯說是想要跟我見面談談。當我前往位於TBS舊總公司大樓深處的調查部辦公室時，編輯部的三人已好整以暇地迎接我，帶我到一個與其說是會客室，更像是工作室的雜亂房間。

他們三人正是總編輯今井明夫、副總編輯宮川史朗和編輯太田欣三，之後我才知道，《調查情報》的主要員工就是他們三人，另外還有一名女性助理，可說是小型編輯部。《調查情報》的編制隸屬在TBS的調查部裡，並僅在特定的書店銷售，實質上算是一種宣傳雜誌。因為幾乎可以不必顧慮銷售量，只要保有電視臺雜誌該有的樣貌，內容可由編輯部自行發揮。

當時他們給我的提案是「能否就日本的流行歌曲現狀寫一篇報導」，年輕的我對那個題目不太感興趣，照理說應該當場拒絕，而且我雖然才剛出道，但已經逐漸確立不想做就不做的工作方針。

只不過在接到《調查情報》編輯部的來電之前，評論家青地晨先生才打過電話給我。

大學時期在研討會指導老師長洲一二教授的引介之下，我認識了青地先生，我所寫的第二篇作品〈這群寂寞的求道者〉也是透過青地先生的介紹刊登於《展望》上。之後才聽說當時的《調查情報》已開始了「報導文學系列」的連載，而且題目不限定要跟廣電有關，重點在於以取材為前提的新鮮報導。讀了〈這群寂寞的求道者〉的編輯們表示我有可能是他們所要找的「報導文學系列」新寫手。他們請教了《展望》編輯部，得知我是青地先生所介紹，便決定直接跟青地先生要我的聯絡方式。青地先生和《調查情報》從以前就有工作上的往來，接到《調查情報》編輯部來電，知道對方有意跟我邀稿的青地先生，為了事先提出忠告而專程打電話給我。

電話中，青地先生說的內容如下：

你大概不知道《調查情報》這本雜誌吧？它雖然是電視臺出的雜誌，內容卻很不錯，讀者多半是媒體相關業者，水準都很高。不只是這樣，編輯們也都具有敏銳的感受性，現在他們有意跟你合作，對你而言，與其一開始就接大眾雜誌的工作，我認為先在這種小但讀者程度很高的雜誌磨練一下應該也不錯。也許題目你不喜歡也說不定，不過第一次的邀稿最好不要回絕對方會比較好……

青地先生之所以對我提出這樣的忠告是有其理由的——

我大學畢業後曾經當過一天的上班族就辭去工作，得知此事的研討會指導老師長洲教授便建議我不妨試著寫些東西。聽到我不假思索地回答如果是報導文字的話應該寫得來，便立刻幫我介紹了兩家雜誌和一位作家。不對，他並非直接介紹，而是背地裡跟對方聯繫。事後我才知道，那兩家雜誌是長洲教授擔任論文評選委員的《現代之眼》和《潮》，那位作家則是同樣在《現代之眼》擔任論文評選委員的青地晨先生。他告訴兩家雜誌的編輯說自己有一個想寫報導文字的畢業生，可否撥冗一見？也對身為大宅壯一[3]旗下大將的青地先生提出同樣的請求。

長洲教授還很貼心地經過一段期間後才跟我聯絡，大概是想要我主動打電話給該編輯部和青地先生吧？不料《潮》的總編輯志村榮一先生直接就打電話來我家，說要跟我見面，最初還只是一般的閒話家常，第二次見面時便給了我工作。

我的第一篇報導文字〈駐防軍的藍調〉在《潮》雜誌上發表後，讀了該報導的青地先生也來電邀我去找他，大概是想起了長洲教授的拜託。

造訪青地先生位於練馬的宅邸時，他的話不多，但是態度很親切，還問我接下來想寫些什麼。當時的我早已一腳栽入戲劇的世界，於是回答「如果是關於非主流的地下戲劇，我應該能寫才是」。結果他說「聽起來感覺還不錯」，便介紹了筑摩書房《展望》的編輯森本政彥先生讓我認識。

我完全沒有想過當時的青地先生對遲鈍的我持有什麼樣的印象，不過青地先生好像對年輕的我抱有某種的擔心。

青地先生日後在幫我的《人的沙漠》寫書評時曾經提到：

報導文學光靠清晰的頭腦和閃耀的才能是寫不來的，必須具備讓受訪者打開心防的某種能力才行。

我無法對那種能力做出簡單的定義，但是澤木顯然具有那種能力。另外一項資質是行動力。只讀文獻是寫不出報導文學的，還必須一有想法就立刻跳起來，必須要有用自己的身體去確認事實的行動力。換句話說，不單只是用頭腦，還得用身體去思考。

然而習慣用頭腦思考的人，通常都不擅長用身體思考，畢竟上帝造人很少能夠那麼地完美。

看到澤木耕太郎，我有一些想法，他是我頭一次遇到年僅二十二歲就能寫出這些作品，同時具備許多條件的人才。唯一讓我擔心的是，他看起來似乎充滿了自信。我

3 大宅壯一（1900-1970），記者、毒舌評論家、非小說作家。為紀念其成就，死後設有大宅壯一非小說類文學獎。

並不是說他的自信有什麼不對，而是擔心會不會因為太過自信而產生破綻。

才能是一種天賦，可惜容易遭到毀壞與挫折，端看個人是要耽溺於自我滿足，還是自我要求千錘百鍊。才能越是鋒芒畢露，越讓我擔心會流於太過自信，與其那樣，倒還不如才能平庸點好。

看在嘗過人生心酸的青地先生眼裡，似乎我顯得有些傲慢和過度的自信，因此他才會跟《展望》編輯商量，要求不要馬上刊登我所交出的報導〈這群寂寞的求道者〉。事後從青地先生口中得知，那是因為才一寫完作品就有雜誌肯用，他很怕我會染上過度自信的毛病。

可是交出稿子的我還以為馬上就會被用在雜誌上，也跟友人和受訪者透露出那樣的訊息。不料我的報導文字到了隔月，甚至再下一個月份還是沒有刊登，讓我十分氣餒，每每看到《展望》在報紙上的廣告都要一次又一次地失望。

交出稿子四個月後，正當我已然絕望時，竟又被刊登在雜誌上——那是一九七一年的九月號，雜誌出刊是在八月上旬。我記得前去造訪《調查情報》編輯部是在「中元前夕」，可見得一出刊他們就看到該報導，並立刻跟《展望》編輯部聯絡，旋即又馬上打了電話給青地先生。

或許這一點也讓青地先生很擔心吧？認為我「過度自信」的他擔心我可能無法體會讀完報導立刻有所反應的可貴性，搞不好會因為沒聽說過該雜誌而拒絕合作的機會，所以才會特意來電忠告我不要輕易拒絕對方。

如今回想要是當時沒有接到青地先生的來電，我大概會回絕對方的邀稿，從此斷了跟《調查情報》的緣分。若是那樣，也不可能跟《調查情報》編輯部維繫有長達三年半的濃厚交情才是。當然，身為一名非小說作家，恐怕走來的路也將跟今天完全不一樣。不對，應該說如果沒有那三年半的幸福修行時光，我或許已經放棄成為作家也說不定。

總之，我聽了青地先生的話，接下了有關流行歌曲的報導工作，經過約一個月交出五十張稿紙的〈現在還有歌嗎〉後，便前往沖繩石垣島找朋友玩。

從沖繩回來接到《調查情報》編輯部聯絡的我，立刻前往調查部的辦公室。這一次對方問我有沒有興趣寫「日美高球大賽」，而且是以最近開始走紅的「強波尾崎[4]」為主題的報導。

我沒打過也沒看過高爾夫球，對於強波尾崎的新聞也不太關心，所以不知道該寫些什

4 尾崎將司，原為職棒選手，後成為日本職業高球好手，強波尾崎為其外號。

麼內容才好。但要說不感興趣的話，「高爾夫球」和「流行歌曲」都一樣。因為合作過一次，對於《調查情報》編輯部已產生出信賴感，固然我對高爾夫球沒興趣，對於強波尾崎也一樣，但既然他們覺得有意思，肯定其中應該有「什麼」值得寫之處才是。

當時在長洲教授的編輯下，我正在寫一本報導年輕勞動者的書，主題是寫出在單純視他們為某種資源的社會之中，這些只有國中、高中學歷的年輕勞動者到底有什麼想法、過著什麼樣的生活。在我採訪的過程中，注意到這些年輕勞動者經常在換工作的特點——換工作就是他們對這個社會的強烈報復手段。從這個觀點來看，尾崎也是一名只有高中學歷的年輕勞動者，而且也換過工作，從職棒界跳到高球界。一旦發現到「換工作」的切入點，我覺得自己或許能寫出些什麼。

——那就試試看吧！

抱著那種輕鬆的心情答應後，我開始收集有關高爾夫球的書籍，訪問喜愛高球的人士，也開始買高球雜誌來讀。

可是之後到了大阪實際開始採訪「日美高球大賽」時，「換工作」的切入點已變得無關緊要。

一方面也是因為比賽本身很有趣，隨著第一天、第二天的觀賽，逐漸理解到這種球技的每一次揮桿和進洞都將產生重大影響的戲劇性結構。

其中，我更熱衷於探討尾崎這號人物的人生軌跡，雖然能跟他交談的時間有限，感覺似乎已經瞭解了什麼，而且還去造訪了他的故鄉德島宍喰（Sisikui），見到他的家人和朋友。回東京後又訪問高球相關人士，到千葉的住家採訪尾崎夫人，就這樣在我心中才逐漸浮現出尾崎和我是同一世代的形象。

帶我去大阪高級日式餐廳壽喜燒店的，正是《調查情報》的總編輯金井先生。當「日美高球大賽」進行到第二天，他突然前來大阪，並約我採訪結束後一起吃飯。也許他是不放心連記者證如何取得都不知道的我，所以特來關心一下的吧？也可能單純只是他自己想觀賞「日美高球大賽」也不一定。不管理由為何，那天晚上今井先生帶我去的、道頓崛那間高級日式餐廳壽喜燒店，已成為我永生難忘的店家之一。

還記得所有的採訪工作結束後，曾經為了該用什麼寫法表現出來猶豫了很久，雖然一開始就有意將「尾崎的人生」穿插在「日美高球大賽」的報導中，但這種交互報導比賽經過和尾崎人生的寫作方式卻需要相當的時間才得以誕生。如今回想，其實這是極其簡單的方法，不過就是將最後一天的發展寫成幾個片斷，從中插入改變尾崎人生的幾個重大轉機即成。問題是手邊沒有任何教科書的我，靠著自己的能力摸索出該方法前，勢必得經過好幾天無為的時間。當時我借住在《調查情報》編輯部裡，不知道熬了幾天幾夜？挑燈苦戰的期間，太田先生也隨時在一旁為我打氣。當完成六十幾頁稿紙的〈儀式〉時，我覺得自己好像有能力寫出什麼了，感覺〈駐防軍的藍調〉、〈這群寂寞的求道者〉、〈現在還有歌嗎〉等文章，本質上跟現有文字工作者所寫的報導沒什麼兩樣，但這篇〈儀式〉瀰漫著一股不同的味道，至少我個人還沒有讀過類似形式的報導文字。

完成這篇〈儀式〉我得到兩樣東西：一是寫作方法，之後我也以同樣寫法完成許多作品。不單只是運動，例如報導像東京都知事的選舉，我也曾交互描寫過在開票速報公布前的選戰過程種種。

當時我還沒發覺自己獲得的並不只是寫作方法，因為寫出〈儀式〉，我也找到了自己可以勝任的寫作範疇：一個是運動的世界，也就是描寫輸贏的世界；另一個則是描寫同世代的英雄。前者在寫出〈石嶋光，你成功了〉得到確立，後者則是在〈年輕實力者們〉的人物論系列連載後得以確立。

然而現在回頭再看，其實我從〈儀式〉獲得的並非只有寫作方法和寫作範疇，一個什麼都不知道，迷失在報導文學庭院前的菜鳥，在《調查情報》的球場上找到了自己的巢。

總編輯金井先生後來以鈴木明的筆名成為作家，作品《「南京大屠殺」的幻象》並贏得大宅壯一非小說類文學獎。我手邊有一篇他用筆名鈴木明所寫的文章，內容卻是以當年令人懷念的《調查情報》總編輯金井明夫的身分對我的一些印象。

之後他幾乎每天都出現在赤坂的《調查情報》編輯部，寫有編輯部同仁名字的黑板上，後來也添上了「澤木」二字。他每天都會很認真地將當天採訪的內容寫在上面，最後完成一篇「作品」。

但其實接下來才是他「工作」的開始，他會坐在編輯部旁的小房間裡不停重讀自己寫的作品，幾乎都要看穿了紙背，就像是自我對已經寫好的「稿子」進行復仇一樣。生性懶惰的我是無法應付這樣的人，倒是經驗老練、擅長抓住別人作品風格的K很有耐性地總是陪在耕太郎身旁。編輯部旁的小房間，每到截稿期限，不對，就算過了期限，不管是三更半夜還是大白天都亮著燈火。

「來得及趕上發行日嗎？」我問K。

「不知道。不過耕太郎是值得等待的男人。」K說。

這個K就是太田欣三先生。說不定看在《調查情報》周邊的人們眼中，我和太田先生就像是拳擊手和教練的關係吧？實際上也如同教練要拳擊手擊出簡捷有力的直拳一樣，太田先生也經常要我把句子寫得簡短些，刪除過度的修飾語。如果要修飾的話，就用前後句加以說明。

太田先生不只是陪著我熬夜修改稿子，甚至連我寫不出來時也可以毫不在意地延後雜誌發行日。甚至原定五十張稿子的報導寫成了兩百張，他也一笑置之照登不誤，理由僅是內容很有趣所以沒關係。深夜裡，他可以一張又一張等著看我寫好的稿子，我也願意只為太田先生，還有金井先生和宮川先生而寫，我想讓他們覺得有趣、讓他們驚喜、讓他們發出感嘆。

總編輯金井先生來自電視臺的編製部門，副總編宮川先生則是廣播劇的專家，只有從日本讀賣新聞來到《調查情報》負責編輯實務的太田先生是貨真價實的編輯。儘管這三個人背景不同，但彼此都很博學又充滿好奇心，我甚至覺得人世間恐怕沒有什麼事是他們不知道或不感興趣的吧？編輯部一到傍晚就會開起酒宴，下酒的話題森羅萬象，從文學、政治、運動、賭博到女明星的醜聞等來者不拒。我覺得他們的聊天很有趣，永遠也聽不膩，我從來都不知道一個人可以關心這麼多的主題，於是就像是幼兒聽童話故事般乖乖地在一旁豎起了耳朵傾聽。

另一方面，我也很有耐性地到許多地方認真採訪，回到《調查情報》編輯部後仔細回報，他們也都很高興地聽我報告。透過這樣的過程我學會了很多，從他們的反應我得知採訪回來的細節有哪些地方有趣，有哪些地方無趣，無意識間也修正了採訪的方向。

直到今天偶爾前去大阪，經過道頓崛那間高級日式餐廳風格的壽喜燒店前時，往事仍歷歷在目。

那天夜裡嘴裡吃著女服務生幫我煎煮的甜美柔軟肉片，走在光可鑑人的古老黑色長廊上，心想也許走廊盡頭會有個令人雀躍、光輝璀璨的世界吧？

結果那裡並沒有特別光輝璀璨的世界，但的確給了我雀躍無比的瞬間，那也是讓我自己也很意外，竟能對此「採訪之後書寫出來」的工作持之以恆的理由吧。

於是我手裡拿著印有自己名字的名片，從道頓崛起又開始了日本全國之旅——開始了沒有止境的採訪之旅。

讓我發現「外國」的沖繩與那國島

我第一次看到的外國是臺灣。我的意思並非「第一次去」，對我來說，外國不是用去的，首先得經由看才得以存在。

那是在ＴＢＳ調查部內的《調查情報》編輯部裡，跟往昔一樣每到傍晚便開始的酒宴之中——

那天看到我也加入酒鬼聚會時，總編輯金井明夫先生拿出一張紙說「有個好玩的東西」。不對，正確來說不是「一張」，那是TBS傍晚六點前後的新聞節目「NEWSCOPE」播報的影印稿，為了便於閱讀而用大型字體寫成的五張連續稿。

一、沖繩在回歸本土後仍不斷發生臺灣漁船非法入侵、非法登陸等事件。位於那霸的第十一管區海上保安本部日前已開始取締上述臺灣漁船。

二、位於那霸的第十一管區海上保安本部表示：回歸後，非法登陸與那國島、西表島等地的事件已發生五十二起。

三、而且就在昨天和前天，西表島祖納港不但讓臺灣的兩艘船停靠，還跟臺灣人購買了肥皂、菸草、啤酒等價值五、六百元的商品。

四、第十一管區海上保安本部基於出入國管理令及稅關法，已開始調查上述事件有無非法入境與走私的嫌疑，這也是第一次受理的刑事事件。

五、此外，由於第十一管區海上保安本部對於如何取締臺灣漁船的非法入侵並未提出具體的方針，預計臺灣船隻入侵海域的事件仍將持續發生。

讀完交到我手上的五張稿子後，一時之間不明白有什麼好玩的。看到我露出「這東西怎麼了嗎」的表情，今井先生用他充滿特色的急性子口吻說：「上面不是寫著走私嗎？」的確，第四張稿子上寫著「有無走私的嫌疑」。那又怎麼樣呢？看到我依然還是不能理解，坐在金井先生旁邊靜靜啜飲著純威士忌酒的副總編宮川史郎先生開口了。

「你不覺得很奇怪嗎？」

正當我心想這簡直就像是在接受測試一樣嘛。《調查情報》的另一位編輯太田欣三先生接著說：「走私金額居然說是五百元還是六百元呀！」

啊！我差點驚叫出聲。遲鈍的我這才明白套上「走私」的天大罪名，金額也未免太「小家子氣」，這就是他們所說的奇妙之處。

以這樣的觀點重新再讀後，果然發覺新聞稿上有許多奇妙的地方。相對於東一句西一句的非法登陸、非法入境、非法入侵等驚悚的字眼，臺灣漁民「走私」的卻是「肥皂、菸草、啤酒等價值相當於五、六百元的商品」，與其說是「走私」，更像只是一般的「購物」行為而已。

「想不想去看看呀？」

宮川先生的語氣像是在教唆我。

「五十張稿紙！」

太田先生一副已成定局的口吻。

隔天我便帶著那「五張連續的新聞稿」前往與那國島。

如今回想，當時腳程輕便的程度連我也覺得驚訝——酒宴結束後，領了採訪費用，回家睡一覺，隔天早晨一醒來便塞了一個背包的行李到羽田機場去，當天下午就抵達沖繩島。

最近與那國島因為發現不可思議的海底遺跡而全國聞名，但在當年就連沖繩本島的居民也幾乎沒什麼人知道該小島。

不對，搞不好連研究「沖繩問題」的專家也不太清楚吧？例如翻開某出版社新書系列中的《時事議題沖繩》一書，這本收集了諸多知名「沖繩問題」專家的文章，於一九八六年出版的書，在封面內頁印有沖繩地圖。可是上面儘管有最南端的波照間島，卻找不到最西南端那代表與那國島的小點。

一腳踏入那樣的與那國島，我完全被「打敗」——那個時期我經常用到「打敗」這個字眼，大概是為了彌補語彙的不足吧。不管是和別人的交談還是自言自語，我常用到這字眼，沒想到在與那國島我真的被打敗了。

以前我並非沒有來過沖繩，在回歸本土前，我曾申請渡航許可證，停留了將近一個月之久。而且，大部分的時間我都不在沖繩本島，而是去了朋友居住的石垣島，所以對於同樣算是小離島的風土、人情和文化，照理說已有相當程度的理解，可是，與那國島時間流動的方式跟石垣島完全不同，每天都讓我驚奇連連。包含眼見的風景、遇到的人們、聽到的話語、喝的酒，我在與那國島不停地遭遇到不可思議和好玩的事物。而且在停留的最後幾天，還從久部良港看到巨大如陸地的臺灣島影。

吉行淳之介常說一句話：「我一出門旅行，總會遇到不可思議和好玩的事物。」的確，我也認為出門旅行有人容易，也有人不太容易遇到有趣的事物。就算吉行先生心目中的「有趣」和我不同，我還是認為自己是經常會遇到好玩事物的人，甚至覺得好玩的事物會自己找上門來，這種經驗在與那國島的旅行中也發生了。

至於我在與那國島會遇到哪些事物，《調查情報》那三個人一開始是不可能知道的，但要不是他們覺得那篇新聞稿「好玩」，這一切也不會發生。我在與那國島過著充滿刺激的每一天，內心不斷發出原來如此、原來如此的讚嘆，就這樣我慢慢地體會了或許可稱為「感覺有趣」的技術。不久之後，我將這種技術翻譯成看事物的角度，甚至有段時期還認為非小說作家必須具備獨特的「感覺有趣法」才行，而我的「感覺有趣法」就是強烈受到《調查情報》三人的影響。

回到東京後的我立刻開始執筆在與那國島生活的日子，這一次換成編輯部的三人被

「打敗」，原定五十張的稿紙，因為我寫個不停而超過預定頁數，就算到了超過截稿期限，必須延後發行日的階段，我仍欲罷不能。不管我怎麼寫，還是有想要寫出來的東西。儘管只停留了兩個禮拜，寫出來的東西和想要寫的東西依然無限多。終於一期刊登不完，接著下一期續寫，還是刊登不完，一連寫了三期才結束。能夠做到這樣，完全是拜太田先生所賜，因為他讀過稿子說：反正內容很有趣，稿子再長也無所謂，能寫就盡情寫吧！

以結果而論，原本只能寫五、六十張稿紙量的我，也能完成將近兩百多張稿紙量的「大長篇」。假如一開始就要我寫兩百張稿紙，我肯定會茫然不知所措吧？對當時的我來說，兩百張稿紙是高不可攀的數量，可是這篇〈看不見的共和國〉弭除了我對文章長度的恐懼心。

然而，這趟與那國島之旅帶給我的意義，其實比體會感覺有趣的方法、弭除對寫長篇大作的恐懼心還要更加重大。

那就是讓我發現了「外國」。

我從與那國島久部良港看到了臺灣，那份感動比我預期的還要大。那是我頭一次看到的外國——在寫完〈看不見的共和國〉不久後，我是這麼想的。

過去我總以為自己無緣到國外旅行，因為我沒錢，我窮到住處的電力和瓦斯經常被停掉，所以我從來沒想過自己會出國，至少目前還不可能看到外國。

然而就算沒錢，應該也有方法可以「看到」外國吧？

日本這個國家的確是四面環海，當然也因為這樣，鎖國政策才能奏效，日本才有辦法始終成為亞洲少數的獨立國之一。由於從小一路都被這樣子教育下來，使得我們根深柢固地認為日本被其他國家孤立，處於一種隔絕的空間。可是外國真的有那麼遠嗎？日本真的和其他國家遙不可及嗎？答案是「否定」的。實際上只要查閱地圖，就能知道外國比想像要近在咫尺。

例如與那國島位於北緯二四度二六分、東經一二二度五六分，對馬位於北緯三四度四三分、東經一二九度二七分，禮文島位於北緯四五度二八分、東經一四〇度五七分。比起經緯度的位置，換一種更容易理解的方式說明就是：相對外國地點的距離。與那國島距離臺灣有一一〇公里，對馬距離韓國最近的棹崎是五十公里，樺太[5]到禮文島是九十公里，從宗谷角則不到四十五公里。

於是從日本國境內的三座離島和兩個海角，就能經由肉眼看到外國：與那國島可看到臺灣；九州的對馬可看到朝鮮半島；北海道的禮文島和宗谷角可看見樺太，納沙布角則可看到現為俄國領土的千島列島。

5 指庫頁島，現為俄國所屬。

我在與那國島看到了臺灣，心想搞不好這正是沒有錢的我們可以實現的「外國旅行」。自從發現到這一點，我一有機會就不斷重複這種最便宜的「外國旅行」。

夜晚從對馬可眺望到燈火搖曳的釜山港；從禮文島到可隱約看到在藍天下暮靄中的樺太；從納沙布角可清楚看見星羅棋布在鄂霍次克海上的北方諸島。

換句話說，我反過來利用沒有錢的特性，進行我獨自的「感覺有趣法」，我很自傲地認為這種「外國旅行」的發現源自我獨創的「感覺有趣法」，沒有別人教我，完全是我的自創。不過這種「外國旅行」的發現，因為實際出國旅行的機會出乎意料地提早到來，也開始褪色。

但即便如此，對我而言第一次的外國是在與那國島看到的臺灣，當時的感動讓我打開了「外國旅行」的眼界，此一事實永遠不變。

只帶著一個字便踏上歐亞大陸之旅

包含現在所使用的，我一共有七本半的護照。所謂的半本，是指前往回歸本土前的沖繩所需的渡航證明書，至於其他七本則是一般的護照。然而那些護照整理起來卻很麻煩，因為大小不一。關於表皮顏色和大小，護照和渡航證明書不同或許還能理解，但由於日本外務省恣意性地改變顏色和尺寸大小，使得我手邊共存有四種不同的護照。

表皮顏色有藍色和紅色兩種，尺寸則有類似明信片的大小和比明信片小一輪的兩種。

對於那七本半的護照，我都有許多深刻的回憶。其中最喜愛的，應該還是頭一次申請到的那一本護照吧。表皮是藍色，明信片大小，比其他的幾本都要厚很多——那是因為原有的頁數不足，只好請旅遊當地的日本大使館追加頁數。由此可見，其中也蓋有那麼多國家的章。

第一個蓋在那本護照的外國戳章是橢圓形的「1973.7.12　KIMPO」。沒錯，我在一九七三年七月十二日首度踏上了異國的土地，降落的機場是韓國的金浦。

會去韓國，是要去看Caxias內藤的拳擊賽，他在韓國和柳濟斗爭奪東洋太平洋中量級的選手權。

起初我說想到韓國看內藤的拳賽時，《調查情報》編輯部的三人今井明夫、宮川史朗、太田欣三都強烈反對：

「太過完美了，一點都不好玩。一個混血的拳擊手，如今已走下坡的拳擊冠軍……你沒有必要寫那種顯而易見的故事吧！」

三人異口同聲說出以上的意見，可是我卻有不同的想法。的確這是個老掉牙的故事，似乎在通俗的小說世界中也讀過不少類似的情節，但在現實的非小說類型作品中是否真的讀過這種故事呢？撇開報紙、周刊的小篇幅報導不談，是否有人真的廣為搜集資料加以撰寫呢？至少我沒有讀過。

「那場比賽應該沒什麼看頭，那傢伙會輸的。」太田先生說。

我也認為大概會輸吧，但就是很想去。

看到我難得那麼強烈堅持己見，總編輯金井先生苦笑說：「那你就去吧。」

幾天後，宮川先生嘴裡說「到時候可不要哭著回來」，一邊將飛往韓國的機票和採訪費用交給我。

現在雜誌社到國外採訪已成為家常便飯，在當年卻是很稀奇。不過《調查情報》對於我的採訪倒是極為寬待，儘管稿費很便宜，但每一次的採訪費用都給得很充足。或許是因為總編輯金井先生來自電視臺的關係吧？比起電視節目的編製費用，我的採訪費用不過只是九牛一毛。當然《調查情報》也有其預算限制，但金井先生仍然展現了電視臺出身的氣度。

Caxias 內藤的比賽是在釜山舉行，但因為我想先去首爾採訪韓國的拳擊界現況，因此今井先生立刻幫我連絡了之前去韓國時受到對方照應的製作公司女社長。

「到了金浦機場，對方公司說會派人來接。」

拿著自己的第一本護照，將首爾金浦機場記錄為首度出國旅行的韓國行之第一步。這時一如今井先生所言，有位姓金的中年男子開車來接我，只會說些簡單日語的金先生在我停留的三天裡，帶我走訪了許多地方，像是拳擊協會事務局、報社的運動部，還有舉辦拳擊賽的公司等……

抵達首爾的第二天，金先生帶我去餐廳吃午飯。現在回想起來，應該是去首爾最熱鬧的繁華街明洞後巷裡，我穿梭在昏暗的彎曲小巷裡，不知自己將會被帶到什麼地方。

走進目的地的店家，內部有些骯髒，瀰漫著一股異樣的味道，可是店裡人滿為患，好不容易找到空位才能坐下。這時金先生語帶自豪地表示：「這裡是首爾最好吃的涼麵店。」

之前我沒吃過韓國口味的涼麵，不對，應該說我沒吃過任何韓國風味的食物，畢竟韓國烤肉和泡菜像現在深入日本家庭是在八〇年代以後，而且我們小時候全家到烤肉店用餐也是無法想像的事。

不久金先生點的涼麵上桌了，在鋼製大碗裡盛有類似蕎麥麵的偏黑色麵條。

一看到涼麵的瞬間，我覺得胸口很不舒服，不知道理由何在，只覺得自己應該吃不來。可是人家專程帶我來到這「首爾第一」的涼麵店，我怎麼可以不吃呢？結果吃了一口，先是被麵條如橡皮筋的口感嚇到，接著又吃了一口，確定真的難以下嚥。可是人家特意安排的午餐，我怎麼能失禮不吃，只好一邊冒著冷汗，一小口一小口地慢慢吞下肚。

還好天氣很熱，對方大概以為我流汗是因為店裡悶熱的關係吧？只是吃到三分之二碗後，我整個人停擺，一點也吃不下去了。於是我宣布放棄，留下了三分之一碗的涼麵，承受著金先生「這麼好吃的東西為什麼會吃不完呢」的責難眼光，我滿懷內疚地走出那家麵店。

之後從首爾到釜山，跟Caxias內藤會合。比賽一如《調查情報》太田先生的預言，沒什麼看頭，結果以敗北收場。我雖然對這個結果有些失望，但其實我個人本身的自信也逐漸在消退中。不敢吃冷麵造成了我心理上的重大打擊——我從來都不覺得自己有不敢吃的東西，那跟知識的有無不一樣，而是一種跟自我存在有深切關係的、某種本質上的缺陷。從釜山回日本的飛機上，我完全被打垮了，不禁懷疑起自己有到外國的資格嗎？

可是在那半年後，我又意外地前往了夏威夷。

為了說明何以會發生那種事，得先回到我開始寫稿的第一年秋天。

大學畢業後的我，在研討會指導老師長洲一二教授的介紹下，於《別冊潮　日本的將來　秋季號》發表了第一篇的報導作品〈駐防軍的藍調〉。可惜儘管文章確實被刊登在雜誌上，卻幾乎得不到任何的迴響。我雖然並不關心別人如何看待我的文字，但還是覺得多少有點反應倒也不錯。

然而過了一陣子後，《潮》總編輯志村榮一先生來電說要見我，還以為可能是要邀我寫報導文章，結果卻不然。

志村先生說《日本的將來》之後將推出「文明論」的特集，因此在「文明論」的範疇下，如果有我想寫的題目不妨試試看。志村先生突如其來地提出此一邀稿，是有其理由的。

我不知道現在是否還繼續存在，在我學生時期有名為「日本學生經濟研討會」，通稱「共同研討會」的大會。每年實行委員會都會跟各部門徵求論文，然後再從來自全國大學的論文中挑選最優秀的幾篇，讓論文獲選的學生們和該所屬研討會的學生們齊聚一堂進行討論。

我們的研討會歷年都由三年級生按照「日本經濟論」和「經濟原論」兩大部門分別提出論文送選，可是對於這兩個題目都感到無趣的我在取得研討會友人們的諒解後，獨自參加了「社會思想史」的論文徵選。那一年「社會思想史」的主題是「社會主義和國家主義」，我則是鎖定「存在於日本的社會主義和超國家主義」闡述論點。結果我們研討會的論文都被這三個部門選上了，得以全員前往舉辦全國大會的福岡大學。

長洲教授讀了我一個人拼湊出來的論文很感興趣，勸我不妨稍微修改後，可以發表於《現代理論》。《現代理論》是教授視為構造改革派大本營，極其看好的雜誌，我卻因天性懶散始終沒有修改論文投稿。不過記得此事的教授，似乎在向志村先生「推銷」我時提起了這件往事。

我去見志村先生，聽到他問我能否在「文明論」的範疇內寫出什麼文章時，腦海中突然浮現一個影像：當初在寫〈存在於日本的社會主義和超國家主義〉之際，我並非只是俯瞰戰前的思想史，也大致瀏覽了戰後有關思想史的論爭。假如利用記下當時大量閱讀的書籍和論文的筆記，或許能寫出對方所要的東西，尤其在筆記本裡，我還做出了昭和二十年（一九四五年）起各年度有關「論潮」、「論爭的焦點」、「主要論文」、「日本大事記」、「世界大事記」的一覽表。

「我大概寫得出來吧。」

聽到我這麼說，志村先生露出半信半疑的表情反問：「什麼樣的題目呢？」

我幾乎是信口雌黃地回答：「如果是戰後文明論的變遷，我大概寫得出來吧。」

這個回答引起了志村先生莫大的興趣，但他仍難掩不知我是否真的寫得出來的疑惑，又問道：「真的辦得到嗎？」

我的確沒什麼自信，但也覺得沒什麼辦不到的。

「不知道，只是覺得應該不至於寫不出來吧。」

大概志村先生最後判斷就像是邀我寫一篇有關自衛官的報導，寫得出來也好，寫不出來也無所謂吧。他這麼說：「那就拜託你了。」

兩個月後，在我二十三歲生日的前後兩個月，我盡可能地收集資料、閱讀相關書籍，好不容易完成了五十張稿紙的論文。題目是〈戰後思潮與文明論的變遷〉。然而正確說來，與其說是文明論的變遷，更像是探討對日本文化的認識產生了什麼樣的變化。其中我的小小發現是——戰後的日本並不存在真正的「文明論」，幾乎只是「文明化論」而已。

我在截稿前夕交出論文時，志村先生當場就讀了起來，並露出意外的表情說：「寫得真不錯。」

那篇論文刊登在一九七二年一月發行的《日本的將來　冬季號》，基於頁數的限制，有些部分被刪除了。看到印出來的雜誌，反倒是有另外兩件事讓我很驚訝。

一是那篇論文被放在卷首發表，一是被改成了匿名的論文。事到如今，我似乎也能理解何以要改成匿名的理由，畢竟就算寫得不錯，總不能將一個才剛大學畢業，而且還是名不見經傳的年輕小伙子寫的論文，凌駕於知名大學教授和評論家之上被擺在卷首吧？當初我雖然覺得有些無法釋然，但判斷都已付梓再抱怨也無濟於事，因此並沒有跑去跟志村先生抗議。不過從此我極力避開文章被匿名的情形發生，所以到現在為止，對我而言那是第一次，也是最後一次的匿名文章。

話又說回來，那篇〈戰後思潮與文明論的變遷〉完全沒有得到任何的回應。不過既然沒有人知道是我寫的，想當然爾會有如此的下場。

不料在該期雜誌發行後不久，出現了一個奇特的人。據說有個人不斷打電話給《潮》編輯部詢問〈戰後思潮與文明論的變遷〉的作者是誰，一開始編輯部以無法奉告直接回絕了，但因對方太熱心，只好回應必須取得作者的理解才能告知。接到編輯部來電提議說不妨告訴對方名字和電話號碼時，我因為本來就無意匿名便答應了。那個人立刻打來電話，並要求見我一面，那個人自我介紹說是今村新之助，任職於讀賣新聞。

直到現在，我仍不清楚今村先生隸屬於讀賣新聞的哪個部門，雖然他確實持有讀賣新聞的名片，但我直覺認為當時的他已經沒有在寫報導了。

見面之後，今村先生對於我的〈戰後思潮與文明論的變遷〉給予極高的評價，讓我頗為驚訝。他還這麼說：你的文字不像是學者也不像是記者，在我今後即將誕生的媒體，就是需要有像你這樣的寫手。可否出席我所主辦的研究會呢？態度顯得很熱情。

對我而言，那是我頭一次遇到不認識的人讚賞我所寫的東西。今村先生想要推出的是有別於報紙、雜誌的第三活字媒體，至於具體為何我並不清楚。然而大概是受到讚賞讓我很高興的關係，之後我便經常出席今村先生所主辦的研究會。

出席人士有剛從讀賣新聞離職，一邊擔任周刊雜誌的主編一邊以本名發表文章的本田靖春先生，還有在報紙擁有評論專欄的知名音樂評論家，以及日後轉任大學教授的年輕經濟官僚，我還在那裡認識了建築家磯崎新先生。

今村先生手中同時進行好幾個計畫，其中之一是建設多功能性的大樓。

起因是在溜池擁有廣大土地的資產家想要建設包含有展演廳、飯店等多功能性的大樓，前來找他商量哪一種概念的建築比較適合。於是今村先生根據此一目的組織了研究會，持續從事聽取文化人、建築家意見的作業。我只是偶爾出席的人，卻在其中聽到了「DEN」等完全陌生的新名詞，據說在該建築物裡將設置可稱為個人書房的「DEN」。

像那樣大約經過了兩年。

有一陣子磯崎先生在夏威夷大學有集中授課，於是今村先生對我提議說，要不要一起去夏威夷？大約待在當地一個禮拜，每天只要花幾個小時跟磯崎先生交談，並且錄音回來，帶給資產家聽。簡單來說，就是問我有無意願擔負勾勒出磯崎先生的建築理念的任務。如同練習網球的牆壁，或是棒球自由練習場的擊球和接球所發揮的功能一樣。

老實說，我對建築的知識一竅不通，也不太清楚磯崎先生是什麼樣的人，我不知道像這樣的我要如何才能負起導引出磯崎先生想法的任務。倒是最初被介紹跟磯崎先生認識時，我們之間很熱絡地談論著跟建築毫無關係的話題，而且一聊就是好幾個小時。

除了一天只要花幾個小時交談外，沒有其他義務，對方會出往返的機票和飯店住宿費，但沒有另外的特別報酬。說得明白些，悠閒地待在夏威夷一個禮拜，或許就算是報酬了吧？我並沒有很想要去夏威夷，但能在海邊飯店悠閒度假的感覺吸引了我。結果我以提出跟磯崎先生「對話」不可能，「雜談」就可以的條件接下了這份工作。

原先沒有抱太大的期待，沒想到在夏威夷的日子愉快地令人難以置信——我住宿的Moana飯店屬於殖民地風格，低層的木造建築充滿了魅力與風情。每天下午只要在飯店的房間裡閒聊兩、三個小時，其餘時間沒有任務，我不是到沙灘游泳，就是在房裡睡午覺。到了晚上便和磯崎夫婦及今村先生等人一起用餐，回房間前，大家總是一起吹著涼爽的晚風，到土產禮品店裡納涼或是到電玩中心玩樂。

然後一到隔天下午，我又和從夏威夷大學授完課回來的磯崎先生一起坐在飯店的房間裡閒聊。

當時的磯崎先生不僅是日本國內最受到期待的中堅建築家，也一步一腳印地逐漸贏得了世界性的認知。

對於那樣的磯崎先生，近乎無知的我居然還鬼扯說，既然要在東京正中央蓋大樓，最好能蓋極其權威主義式的建築吧。這時磯崎先生立刻告訴我有關一九三〇年代德國從威瑪到納粹時代的建築和建築家的歷史。我聽了又提出天馬行空的想法，攪亂了整個話局……

有時磯崎夫人宮脇愛子女士也會加入聊天。

聽到宮脇女士說出驚人的意見時，常讓我納悶她是個什麼樣的人呢？比起對磯崎先生的認識，這位夫人於我更是陌生的存在。

原本宮脇女士是走偏好抽象風格的畫家，二十多歲到三十歲之間留學米蘭、巴黎、紐約時，接觸到許多知名的藝術家帶給她很大的轉變。回到日本的宮脇女士將活動重心從抽象畫轉移到立體造型的範疇。我在夏威夷見到她時，正是她逐漸確立造型家、雕刻家等身分的時期，不過當時的我完全都不知道這些背景。

讀了宮脇女士的散文集《沒有開始也沒有結束》，才得知她的過去。其中成為書名的短篇散文〈沒有開始也沒有結束〉，儘管淡雅如水彩，卻能描繪出令人印象深刻的情景。

時間是一九六〇年代初的秋日黃昏，地點是巴黎街角的咖啡座，年輕的宮脇女士和幾個老人家圍坐在一張桌子上……

老人們一邊喝著茴香酒一邊說從前，說起了一九二〇年代的巴黎，和當時他們的種種生活。

其中一人說，那個時候走了許多路呀。另外一人說，當時的你最會裝腔作勢了。接著又有別的人說，哪裡，他只是太過認真了。又或者四十年前狂歡作樂的酒宴記憶，會讓他們勾勒回想起當時女性的美麗身影。

那些有一搭沒一搭的閒聊，卻讓宮脇女士的眼前清楚浮現出一九二〇年代的達達和超現實主義的藝術家們，以及當時所發生的事情。也難怪會那樣，因為這些老人家們分別是曼・雷[6]、漢斯・李希特[7]、以及南姆・嘉寶[8]等，正是傳說中的巨人。

在他們旁邊聽他們閒聊時，原本對所有現實性的東西感到絕望，對誇張的形狀、色彩也失去興趣，正不知何去何從的宮脇女士瞬間得到了啟示——

這些人為什麼能有這麼自由的行動和這麼自由的眼神呢？

一滴又一滴白濁液體的茴香酒彷彿正慢慢且確實地解開束縛在我身上的枷鎖。

我在夏威夷見到的她，距離那段巴黎的歲月已經有十多年的歷史，而這一回我就像當年的宮脇女士一樣，坐在檀香山的咖啡廳和餐廳，聽著磯崎先生、宮脇女士和今村先生的交談。

我想那是抵達夏威夷的第一天晚上吧？我們坐在威基基卡拉卡瓦路邊深處一間面對大海的海鮮餐廳裡。

喝過餐前酒後，服務生前來聽取點餐。我好不容易點選了主餐的香煎鬼頭刀魚和簡單的蔬菜沙拉，這時服務生迅速反問了我一句，只在學校學習過英語的我一時之間聽不懂他在說些什麼。

「Pardon?」

連問了兩次，我還是聽不懂。於是宮脇女士語氣溫柔地告訴我。

「他是在問你要用什麼醬汁？」

我覺得有些丟臉，趕緊問說有沒有法式醬汁。我開口問了，但是對方聽不懂我的英語。於是宮崎女士又告訴我說：「這種時候只要用have就可以了。」

我用她教我的「have」動詞反問服務生，對方很輕易地理解了我想要表達的意思。

當時我感到很驚訝，一是那個時候宮脇女士的語氣沒有憐憫或是輕蔑什麼都不會的我，也沒有參雜過度的溫柔與同情，而是表現出很完美的若無其事感。尤其讓我驚訝的是，不過只是認識一個單字，認識一種不同的說法，卻能開啟世界的大門。

一邊吃著在夏威夷海灣捕撈到的香煎白肉魚，一邊沉醉在磯崎先生和宮脇女士口中提到的曼・雷、野口勇[9]、瀧口修造[10]等大師的故事。就某種意義來說，或許就跟年輕時的

---

6 曼・雷（Man Ray, 1890-1976）美國賓州出生，擅長繪畫、電影、雕刻和攝影的藝術大師。

7 漢斯・李希特（Hans Richter, 1886-1976），德裔美籍藝術家和電影製作人。

8 南姆・嘉寶（Naum Gabo, 1890-1977），俄國構成主義雕塑家和畫家，動態藝術的先驅。

9 野口勇（1904-1988），父親是日本詩人，母親為美國作家，擅長景觀雕塑，也是知名藝術家。

10 瀧口修造（1903-1979），日本詩人兼美術評論家。

宮脇女士在巴黎經驗過的狀況相同也說不定。因此我茫然地想著：或許有一天自己將以今天所學到「have」為武器走向全世界吧。

結果不久之後我便開始了長達一年的旅行，果真只帶著「have」一字。

不可思議的是，那一次的長途旅行，不管端上什麼菜色，我沒有不敢吃的。在首爾大冒冷汗不敢吃涼麵的情形彷彿就像是騙人的一樣，吃什麼都覺得好吃。

我想大概不是我不敢吃韓式涼麵，而只不過是初次在異國遇到沒吃過的食物所引發的一種精神錯亂吧。因為有過一次那樣的經驗，從此就不會再犯了。

第二章 旅行的開始

要是沒有他，倫敦會成為最終目的地嗎

為什麼那趟歐亞之旅的最終目的地是倫敦呢？

事實上我並沒有非倫敦不可的強烈意願，只是很清楚地確定我不想去美國，必須是歐洲才行。

如今回想也覺得很不可思議，自己為什麼會不想去美國呢？照理說我從小就透過電視接受到美國文化的洗禮，如果要我舉起少年時代喜歡的電視節目名稱，我想五個之中會有四個是美國的電視節目吧。

對於歐洲，除了在獨立院線的小型戲院看到的英法電影外，幾乎都是透過書本得到的知識，相對地，美國則是透過影像和音樂直接深入我的肉體。

或許是無意識間受到父親看不見的影響所致吧？因為他們的學養基礎來自歐洲——父親喜愛閱讀歌德和紀德的著作，喜歡的電影是戰前的法國和德國電影，和父親交談時，有關歐洲的話題明顯比美國要多。

日後父親以為出國旅行為題寫出了以下的俳句：

薔薇花飄香，引人欲窺巴黎景。
花都美巴黎，如今枯葉滿街頭。

我以為這些俳句不見得是詠巴黎，也可以拿來詠紐約才是。但仔細再想，或許還非得是歐洲、巴黎才行吧。

也許我在不知不覺間受到那樣的父親所影響，但那應該不是決定性的理由。

為什麼我會想要去歐洲呢？

我想跟朋友植村良己的存在有很大的關係——他的名字跟植村直己很像，經常會被搞錯，當然他並不是個冒險家。

我已不太記得跟植村是怎麼樣認識的，大概是這樣子的吧？

二十二歲那年，我還沒有清楚的意願想要成為非小說的寫手，在偶然的機緣下因為寫了一篇有關自衛官的報導而踏入文字記者的世界。

於是第二篇作品，我打算寫自己比較熟悉的舞臺劇世界。可是要寫報導而非評論的話，我必須重新做一些採訪才行。唐十郎的「紅帳篷」、佐藤信的「黑色帳篷」，當然還有寺山修司的「天井棧敷」等劇團演出的戲劇都是我採訪的對象。

應該是在觀賞寺山的街頭劇「人力飛行機所羅門」時吧，同樣來採訪的TBS電臺製作人田中良紹先生叫住了我。我們稍微聊了一下天之後，他邀請我日後上電臺談論這齣戲，年輕的田中先生充滿野心地想要在自己的世代中發掘出新人才的幼苗。

準時赴約前往電臺時，我看到了另一個身材瘦削的年輕人——就是植村。經由田中先生的介紹，得知他原來隸屬「天井棧敷」劇團，現在已經離開了，在寺山修司前妻九条映子女士的製作公司幫忙。

我不記得當時我們都聊了些什麼，唯一有印象的是關於《小拳王》[1]的話題。他不是以男主角矢吹丈的角度，而是透過力石徹等對手的觀點來解析《小拳王》，我聽得連連點頭稱是，心想原來對於那部漫畫也能有這種的看法呀……

因為那一次的偶遇，之後我們經常受邀到田中先生的夜間節目裡說話。不管是什麼樣的題目，植村都能以令人意外的角度切入，不斷發出大快人心的意見，從他話題的豐富性和修辭的華麗度，都讓我讚嘆原來人世間真有早熟的才能。同時我多少也覺得他應該是有受到寺山修司的影響，說難聽點就是在模仿大師說話的方式，但顯然他身上有種我過去從未遇到的才能。

不久之後除了在電臺裡，我們也開始在外面交誼，畢竟，我們倆都有多得用不完的空閒時間。

和植村聊天時會產生許多想法，然後發展成各種的「遊戲」。例如，收錄在我早期報導文字合集《地的漂流者們》中有一篇〈性的戰士〉，就是出自於我們的「遊戲」之中——當時我們聊著聊著，忽然決定在短期間不停地看情色電影，然後很無聊地「統計」其中的做愛次數。

這樣的植村有一天突然開口說要去歐洲——因為東由多加的「東京Kid Brothers」劇團要到歐洲公演，所以特別組了「Kid旅行團」，他也是參加成員之一。對植村而言，東由多加同樣也是出身於「天井棧敷」劇團，對他就像是老大哥般的存在。當時植村曾隨意地問了我一聲「要不要一起去呢」，除了沒有高達三十萬元的旅費外，我也不想要參加團體旅行，因此當場就拒絕了。

後來這個「Kid旅行團」，在東由多加的編排下出了一本書，在那本名為《櫻桃漂流記》的書中，植村是這樣子介紹他自己——

> 植村良己（二十四歲），昭和二十一年十二月十三日生。高中畢業——對我來說，並不是因為是歐洲才去的，而是過去一直都待在東京，從事沒有太大束縛的工作，稍微存了一點錢，這時剛好有人邀約便決定出國。因為對方的感覺不錯，所以才

1 小拳王：梶原一騎原作，千葉徹彌所繪的拳擊漫畫。至今仍是日本漫畫史具代表性的作品之一。

想同行的吧——大概就是這種感覺。

我還以為植村跟我同年，讀到這段文字才發現他大我一歲。於是我想當初感受到的早熟的才能，或許多少跟他比較年長也有關係吧。

總之我們認識是在一九七〇年的秋天，植村到歐洲去是在一九七一的春天，因此我們只交往了半年的時間，但印象中那卻是一段濃厚的交誼。後來我跟隨TBS《調查情報》的編輯們學習到以記者角度感覺有趣的方法，然而我想在那前一階段是植村教會了我有關次文化的觀點。

四個月後，植村從歐洲和阿爾及利亞旅遊歸來，之後我則因為開始正式投入報導文字的寫作，無法像過去一樣頻繁跟他見面，但是植村提到有關阿姆斯特丹和阿爾及爾的事，卻讓我留下強烈的印象。

我決定要出國旅行是在植村回日本兩年後，當他知道我真的要前往歐洲時，給了我一張紙條作為餞別禮，上面以他獨特的小字寫了以下的內容：

☆巴黎

拉丁區一帶的咖啡座
地下劇團——大木偶劇場、魔術馬戲團
徘徊在城郊夜店裡的牛郎、阻街女郎、來自阿爾及爾和土耳其的勞動者
不良青少年的械鬥和舞廳

☆阿姆斯特丹
歐洲的嗑藥情景——Paradiso、Cosmos
嬉皮聚集處——水壩廣場、翁代爾公園、楊格飯店

☆阿爾及爾
有機會去千萬要去
卡斯巴舊街區——迷宮、純真自然的人間百態

☆羅馬
……………

這幾乎是我唯一帶在身上的「旅遊導覽」。結果上面所寫的地方我一個也沒去，直到最後都一直好好地收在背包裡面。

後來植村終於放棄東京，回去故鄉高松，接下來的消息我就不太清楚。有時候在報紙

上看到來自高松的獨特劇團到東京公演的報導，劇團負責人的名字寫的正是植村。

看來植村仍以意外執著的耐性繼續守護著寺山修司的「燈」。

因為討厭跟大家做同樣的事，所以往西行

同樣是去歐洲，為什麼我沒有直接跑去倫敦或巴黎，而是由亞洲向西行呢？換句話說，為什麼不是從倫敦到德里，而是選擇從德里出發到倫敦呢？

當時貧窮旅行者的正統路線是，首先搭船到納霍德卡[2]，經由西伯利亞鐵路進入歐洲，再由陸路前往印度。小田實雖然不是經由西伯利亞鐵路而是從美國搭飛機進入歐洲，但也算是此一路線的變種，幾乎所有人都是採取從歐洲進入亞洲、由西而東的路線。

那麼我又何以要採取相反的路線呢？

關於這個理由，前川建一先生在《以遊記環遊世界》的書中是這麼說的——

> 澤木沒有採取當時的主流「從歐洲到亞洲」的路線，而是選擇「從亞洲到歐洲」的行程，是因為有處女作《年輕實力者們》的版稅之故——因為手邊有錢，因此沒有必要在歐洲打工。

原來如此，也有這樣的看法呀！可是那樣的理由似乎不足以成為選擇從亞洲進入歐洲的必要條件，因為不見得從歐洲進入亞洲的旅客都有必要在歐洲先打工賺旅費——當時大部分的年輕長途旅行者，不管有沒有錢，都習慣從歐洲進入亞洲。

但我卻一點都不想採取相同的路線。

原因之一是我討厭跟別人做同樣的事——每個人都搭西伯利亞鐵道進入歐洲，再南下去亞洲——關於此一行程有太多人提過，走法早就了然於心，所以有些人會覺得比較安心吧，但我卻覺得很無趣。

我只是很單純地想跟別人不一樣，這也和我決定全程都搭公車的想法一致，我想要做的是每個人都做得到，卻沒有人去做的愚蠢行動。

我要做沒有人做過的事，要說是獨創性似乎顯得太誇張，但我的確有一種「頑固性」，希望保有小小的獨特淵源，不要跟別人一樣。

然而，這樣還不足以完全說明我決定從亞洲前往歐洲的理由。

繼續挖掘我內心深處的「想法」，會觸碰到我頭一次的外國行——韓國之旅。

當飛往首爾的班機越過日本海，抵達韓國的上空時，我心中有種不可思議的悸動。

2 納霍德卡（Nakhodka），位於俄羅斯最東部、面對日本海的海港都市。

如果此刻我用降落傘著地，然後不斷往西走，應該是能到巴黎的吧？當然這中間必須經過北韓和中國，但就原理來說，是可以用走的前去歐洲。

當時心中的悸動還留存在我的體內。

當我考慮出國長期旅遊時，我想應該是當時的悸動讓我選擇了向西走的路線。我當然還不至於打算徒步旅行，但總之既然陸地相連，那就朝著歐洲一路邁進吧。

出發點定在德里，當然也可以是加爾各答，只不過從德里出發到倫敦，說出口的感覺比從加爾各答出發到倫敦要響亮許多。

同樣的說法也可用於目的地的倫敦，其實也可以是巴黎或是阿姆斯特丹，只不過比起從德里出發到巴黎，從德里出發到倫敦從口中說出來的暢快感就是大不相同。

所以決定從德里出發到倫敦。

然而話雖如此，我並不打算全程都搭乘同一班公車由德里到倫敦，我既不清楚實際上是否有從頭到尾跑完全程的公車——就算有，我也不會搭乘吧！我只想要一路轉乘理所當然行駛在當地的大眾公車前往倫敦。

當然我也不知道那樣的作法是否可行，我不知道從德里到倫敦之間是否有大眾公車運行？甚至不知道兩地之間是否有一條可供大眾公車行駛的現代絲路？

我只是有著從德里到倫敦搭乘大眾公車前去的想法，但內心很迷惘不知道該怎麼做才好。總之，先到了德里再說，接下來應該船到橋頭自然直吧？儘管心裡這麼想，對於途中會不會找不到公車、迷路、遇到進退兩難的困境等恐懼則始終拂之不去。最後幫我抹除迷惘，在背後推我一把的，是刊登於一九七三年年底發行的雜誌上的一篇文章。

那是井上靖所寫〈亞歷山大之路〉遊記的第一回連載，刊登的雜誌是《文藝春秋》一九七四年一月號，發行日是前一年的十二月十日。

井上靖一開頭是這麼寫的：

> 今年（昭和四十八年，一九七三年）的五月到六月，我搭車遍訪了阿富汗、伊朗、土耳其等地的古代遺跡，雖然是車身晃動、長達一萬公里的荒野之旅，但因對我而言一切都是新的體驗，感覺很好玩。
>
> 我們一行人除了有考古學者江上波夫、畫家平山郁夫外，還有長島弘三、石黑孝次郎、奈吉布拉．穆罕默德先生，另外平山郁夫的夫人也同行。
>
> 所以全部共是七人之旅。

讀到這裡，我頓時想大聲高喊「就是這樣」。不對，搞不好我可能真的當場彈響了手指吧！「阿富汗、伊朗、土耳其」不就是我想要去的路線嗎？當然這條路線所到之處都有日本大使館的接待，並受到各大企業海外派駐人員的照顧，但至少可以確定的是他們是搭車去的，所以有路，因此大眾公車也可能有行駛吧？如果那些老人家能去，我當然沒有去不得的理由。

只是他們本人似乎不覺得自己已經上了年紀。

因為從旅行回來的多年後某日，我接到平山郁夫先生的來電，說是要在他的故鄉廣島舉辦有關絲路的座談會，邀請我去參加。我一向不太喜歡座談會之類的活動，本想以從不出席座談會為由加以拒絕，但腦海中突然掠過欠對方一個「人情」的念頭——當初我就是從平山先生等一行人的旅行得到靈感才上路的，至少我該還對方一次「人情」才說得過去吧……。

答應出席的我在會場後臺跟初次見面的平山先生打了聲招呼，也說明了自己為什麼會參加這項座談會的前因後果：

「我讀了井上靖先生的〈亞歷山大之路〉，知道平山先生也跟著一起搭車前去，甚至在雜誌上連載時，您還畫了插圖。事實上我的旅行能夠成行，都是因為平山先生等人先行去過的關係，讓我確定現代絲路可以開車行駛，我才能完成一路轉乘大眾公車前去的長途旅行，真的很感謝你們。」

如果話只說到這裡就還好，偏偏我說溜了嘴。

「既然年事已高的各位能夠去，我想自己當然沒有去不得的理由。」

這時平山先生假裝有點生氣的樣子回應，「當時的我們年事並不算高呀！」

我趕緊跟他道歉，平山先生又馬上笑著補充說：「或許在你眼中我們已經上了年紀吧。」的確以當時的我來說，他們完完全全都是老人家。

總之讀了〈亞歷山大之路〉的第一回連載，讓我心生「大有可為」的念頭。

我知道雖然外交關係惡化，但印度和巴基斯坦的國境還是可以通行，也知道過了希臘的歐洲境內應該也沒什麼問題，我不知道的是從巴基斯坦到土耳其之間的路況。可是井上靖他們一行人開車從阿富汗靠近巴基斯坦的邊境前往土耳其的伊斯坦堡，其中固然有些不太明瞭的地方，但是從德里到倫敦之間應該不至於沒有大眾公車可搭乘吧？

我讀了那篇文章，決定新年後就準備從日本出發。搞不好到了春天就能搭公車走在絲路上……

然而終於走出日本的我直到抵達旅行出發點的德里為止，之所以花了比想像還要多的時間，都要歸咎於在購買機票時聽到的一個新名詞「stop over」。

當時日本應該還沒有專門販賣便宜機票的旅行社，不對，應該也沒有便宜機票的概念——至少我是不知道的。

總之，搭乘飛往德里的班機要價不斐，我試圖找到比較便宜的方法。

跟在航空公司服務的友人商量後，得到的答案是除非有特殊理由，航空公司是不可能提供免費機票的，也沒有發售便宜機票，但是印度航空或許有出折扣機票。友人說明完後，還幫我介紹了在印度航空日本分公司工作的人。見到對方，得知航空公司只能售出正常價格的機票，但透過旅行社則可能會有附加條件的折扣機票。

於是我又去了對方介紹的旅行社。

跟旅行社負責人交談之下，發現了一個意外的事實——《調查情報》編輯部當時可說是我工作上的練功房，而對方居然是負責一對一指導我的太田欣山先生的親戚。

我去拜訪那家旅行社時，還帶了一本剛出版的《年輕實力者們》當作名片給對方，結果因為平常都會翻閱親戚太田先生所編輯的《調查情報》，教人驚訝的是他居然知道我的名字。

因為這一層關係，讓我幸運地買到正常價格一半的機票。

那一天當我帶著錢去開票時，拿機票給我的女性經辦問我說：這樣好嗎？她的意思是說——這張機票在飛到德里之前可以有兩次的「stop over」，而我卻選擇直飛德里，這樣好嗎？

我這才知道「stop over」的意義——原來途中可以選擇兩個都市下機，於是我開始思考，既然有此福利，那就在香港和曼谷「stop over」一下吧。

結果就成了讓我抵達德里要多花好幾個月的「惡魔的呢喃」，同時也成為讓我幸運擁有豐潤東南亞之旅的「天使之聲」。

旅費是這樣子籌出來的

出外旅行必須要有錢才行，當時生活相當貧困的我為什麼會決定出國長期旅行，起心動念肯定跟收到第一本書的版稅有關。

我在出國旅行的兩年前起，在《月刊經濟》有了自己的連載專欄，以〈年輕實力者們〉的專題，書寫在不同世界中、年輕並擁有突出才能的人物論。

《月刊經濟》可說是每日新聞社招牌雜誌《經濟》的姊妹誌，所以如果我的《年輕實力者們》要出書，照理說當然會透過每日新聞社的出版部，不料在連載期間，文藝春秋的新井信先生提出了出書的邀約。我個人對於給哪家出版社出書是無所謂的，而《月刊經濟》總編輯高守益次郎先生詢問過每日新聞社的出版部，所得到的回答是公司並不堅持非得要由自己出版部出書，因此高守先生對我說，交給文藝春秋出吧，那樣比較好。

就結果而言，那對我是幸運的選擇，因為對非小說類作品抱有極大熱情的新井先生之後還持續不斷幫我出書，而且來自文藝春秋旗下雜誌的邀稿也增多了，大幅改善了我的經濟狀況。當然，這一切都是拜新井先生私下幫我牽線所賜。

然而一九七三年九月出版的《年輕實力者們》，一開始的銷路並不好，因為大部分人的反應都認為文藝春秋居然肯幫無名的作家出版非小說類的書，所以那也是可以想見的結果。

定價日幣七百八十元，發行冊數六千本——也不知道是真是假，據說根據上市第二周的調查，這本書的滯銷情況竟是文藝春秋出版品中從來沒有的前例。《年輕實力者們》得以再版，還是在三年後《不敗的人們》出版之後。

但是不管有沒有銷路，我還是有版稅可拿——那是日本出版業界的優良傳統，扣除一成的所得稅後，我手邊還留有四十萬塊。

在那之前早已離家獨自生活的我過著相當窮困的日子，公寓經常會被斷電斷瓦斯，用僅剩的十元硬幣打電話請朋友送錢救急也不是一次、兩次的事——當然房間裡也沒有裝電話，就算接了肯定也會因付不出通話費而被斷話吧。

儘管生活窮困，倒還不到走投無路，至少我還能輕鬆過日子，只要有採訪，靠著採訪費用就有金錢流動，到《調查情報》編輯部或文藝春秋也總有人會請我吃飯。

換句話說，我很享受那樣的貧窮生活，我認為只要身體健康，到時候要賺大錢一點都不是問題，現在的我不過只是暫時處於貧困的狀態而已。

可是既然一直都過著貧窮生活，一旦有了四十萬的巨款，明明可以考慮買些什麼、換間比較好的公寓、裝支電話、去吃好吃的東西，我卻完全沒有動用那筆錢，還是繼續過著貧窮的生活。倒並不是為了什麼而刻意忍耐，就說買東西好了，我其實沒有什麼想要添購的、對於目前的公寓也很滿意、想要打電話，用公共電話就行了、好吃的東西有出版社和電臺的前輩們經常會請我……所以那四十萬就一直存在銀行帳戶裡。

如今我已經記不清楚了，到底是錢進來後才想要去旅行呢？還是之前就有意去旅行的呢？印象中應該是有了錢後，意識上旅行才開始具體成形的吧。

決定要去時，其實我並不知道需要花多少錢，因為就連日程和路線也都不確定，根本無法抓預算，只能看身上的錢能夠在國外待多久算多久。當初我只想說頂多做一趟為期三、四個月的旅行吧。

當我宣布要出國旅行時，朋友和認識的人以各種方式給我鼓勵：有朋友以從德里到倫敦有無公車行駛為賭盤為我加油打氣；也有人聽說伊斯坦堡產有海泡石做的菸斗，要我買來當禮物送他，而給了我多出必要金額數倍的錢。

我練功房的TBS《調查情報》編輯部太田欣山先生立刻做了本「善款簿」，在調查部中跟同事勸募。因為《調查情報》在TBS的組織中隸屬調查部旗下的單位，編輯部也位於調查部大辦公室的角落，當時的調查部長很大氣，總是笑瞇瞇地看著《調查情報》編輯部的成員一年到頭彷彿都像在過節般地玩樂，因此我除了十分受到《調查情報》編輯部的看重，感覺也很受到整個調查部同事的關愛。於是當我決定要出國長期旅行一段時日，調查部不但幫我辦了送行的宴會，還在部裡傳遞那本善款簿。

上面有太田先生親筆寫的文章如下：

爾今澤木耕太郎以三個月為期，將從印度經絲路到歐洲，進行百日旅行，雖說是旅行，也是餐風露宿的貧窮之旅，本人甚至自稱搞不好無法生還，因此為免日後供奉奠儀，還請喜捨若干淨財，以上代本人祈求諸位共襄盛舉。

調查情報編輯部

（每筆千元，每人不限筆數）

上面說是百日旅行，是因為我原先打算三、四個月後就回來。

結果有二十一人呼應了這筆贊助善款，其中還包含打工的女性，幾乎整個辦公室裡的人都樂捐了。

在各種形式的旅費贊助中，遞送方式最令我讚嘆不已的，是文藝春秋的編輯松尾秀助先生。

我和松尾先生共事的機會雖然不是很多，但私下的交情不錯，也去過他家玩。那天松尾先生說是餞別，交給了我一只薄信封袋，回到家一拆封，很驚訝裡面竟裝有錢。不對，我當然早就預想到裡面裝有錢，只是那錢並非普通的錢，而是一張嶄新的百元美鈔。

當時一美元等於三百六十元日幣的固定匯率雖然已經崩盤，但依然有三百元左右的價值，我還是第一次收到有人一出手就贊助三萬元的巨款。然而讓我感動的不是金額多少，對於一個即將到異國旅行的人來說，這個遞送百元美鈔的動作感覺真是太帥氣了，讓我甘拜下風。

我將那張百元美鈔收在護照套裡面，決定只有在緊急情況才能使用。實際上，有那張百元美鈔在身，不知帶給了我多少的鼓勵，心裡感覺踏實許多，因為隨時都可想到：萬一有什麼問題，只要動用這筆錢就沒事。結果，我一路回到日本，都沒用到這張百元美鈔。

感動於那份「一張百元美鈔的餞別」，之後有朋友要出國時，我都會如法炮製。如今出國已變得稀鬆平常，我也停止了那樣的習慣，但當時收到餞別的對方也跟我有一樣的感動，都很欣喜地收下。

例如，多田雄幸先生第一次參加橫渡太平洋帆船大賽時，我也致贈他一張百元美鈔。後來他給了我一本小筆記本，上面有他自己在海上所寫的十三首俳句，那是他對於我的百元美鈔餞別所回贈的禮物。

為了回贈松尾先生的餞別，我幫他的兒子收集了一套經過國家的各種硬幣，於回國後送上。當然那些硬幣的總額頂多只有幾美元，但就重量而言，算是相當有分量的禮物。

我的旅費有來自家人和其他人的贊助，加上出發前幾個月的稿費等，總共有七十萬元。其中扣除購買飛到印度的機票、必要的東西後，還剩下將近六十萬元，我將大部分的錢都換成美元的旅行支票放進護照套裡。

將行李塞進背包就像是無限的減法

這趟旅行的重要資金來源是我的處女作《年輕的實力者們》的版稅。

所謂的年輕的實力者們，是指當時跟我同一世代、擁有突出才能和存在感的人們，從不同範疇中所挑選出來的十二人，有棋士中原誠、指揮家小澤征爾、政治家河野洋平、高球選手尾崎將司、電影導演山田洋次、冒險家崛江謙一等人。

如果撰寫的時期再晚一點，或許冒險家的部分將不是崛江謙一，而是會選擇植村直己吧？不過當時我最感興趣的冒險家是帆船選手崛江謙一。因為比起他是日本第一位成功單獨横跨太平洋的航海家，在他完成歷史性的冒險創舉後，所遇到惡戰苦鬥似乎更透露出許多的人生故事。

崛江謙一有一本《孑身太平洋》的著作，據說是由知名的作家代筆，但其中讓我印象深刻的不是文字內容，而是書中所列的裝備一覽表。大概也有人說過類似的話，我覺得這張一覽表彷彿充滿了崛江謙一冒險的精髓。

要進行一場日本沒有前例的航海，該帶些什麼東西才好呢？因為不知道所以絞盡腦汁想出來的結果就是那張一覽表。

一覽表上列有帆具、航海用具、衣服、食品、清水、其他水分、調味料、休閒嗜好用品、廚房用具、醫療用品、工具、日用品、文具、書籍、雜誌、寢具、其他等項目，底下還寫有各式各樣的品名，並詳細註明數量。

一九六二年的時間點固然可以令人感受到航海時的時代性，但在衣服項目下寫的不是內褲而是「衛生褲」，在日用品項目下寫的不是衛生紙而是「草紙」，為了省錢而盡量以「手邊有的」物品充數，那種拚命三郎式的努力精神令人動容。

當然在採訪崛江謙一時，我已讀過《孑身太平洋》，這次為了籌備歐亞之旅我又重新翻閱了那張一覽表。

結果其中又有讓我點頭稱是的裝備——在其他項目中的月曆下面寫有這樣的文字：

「日曆」一冊　為了寫航海紀錄用。不是每日撕一頁的形式，因為這樣日子容易搞混。

我一旦出國旅行後，大概也會過著搞不清楚今天星期幾的日子吧？為了避免崛江先生所說的「日子容易搞混」，我該怎麼做呢？

左思右想後，我決定在預定帶去的筆記本扉頁畫上自製的月曆，每過一天就塗黑一格。不過實際上就算沒那麼做，「日子也不至於搞混」，因為我每天都很認真地在那本筆記本上，像是寫日記般地記錄行程和支出明細。

出發之前我也將要帶去的行李列出了「一覽表」，不過也因為沒有參考的前例，只好自己一個人思考規劃。畢竟我的情況沒有崛江謙一那麼嚴重，一旦出了海就無法取得需要的東西，只要覺得必要，旅行途中隨時都能買齊。只不過跟崛江一樣沒錢的我，極力希望能抑制在旅途中花錢，盡可能用「手邊有的」的東西解決，而不要添購新的。所以我很努力思考該怎麼打包行李，可是看到第一次列出來的一覽表，我整個人都呆掉了，東西多到即便用兩個背包也裝不完。於是我又重新列表，感覺有點像是做了無限的減法一樣。

基本上我所採用的旅行型態就是現在所謂的背包客，問題是當年的背包並不如現在充滿了功能性，不過只是做得比登山用的束口背包稍微小巧一點而已。

我跑到上野阿美橫市場去買，最後在販賣美軍二手商品的店裡買了軍綠色的肩背包。行李塞在後背包，貴重品則收進斜背的肩背包裡。這是我所想像的旅行姿態，基本上此一旅行姿態至今仍未變。

肩背包裡裝的東西如下：

證照用照片
旅行支票
現金
機票
相機

其中除了相機外，其餘東西都放進布製的護照套裡，直到後來旅途中住宿在青年旅館時，因為睡在多人用的大房間，貴重品必須掛在脖子上才安全，才買了可以掛在脖子上的護照套取代。

其他行李則是都裝進背包裡——儘管我一刪再刪，表列的項目還是多得塞不進去，因此我只能一張又一張、一件又一件地放棄想帶去的東西。

結果一減再減之下，最後帶去的東西如下：

棉質內褲
運動服
短褲
長袖襯衫
短袖襯衫
Polo衫
泳褲
T恤
長褲

睡褲
襪子
毛巾
橡膠拖鞋
睡袋
袋狀床單
充氣枕
牙刷
牙粉
肥皂
刷子
指甲刀
刮鬍刀
刮鬍刀片
抽去紙軸的捲筒衛生紙
抗生素

底片
大學用筆記本
記事本
原子筆
航空信紙
航空信封
牛皮紙袋

地圖
字典
書
酸梅

此外就是身上穿的牛仔褲、T恤和牛仔外套。

袋狀床單是自製的，是請我母親縫成類似信封的形狀，之所以會帶那種東西，是因為讀過報導說很好用。實際上也的確很方便，在熱的地方會比睡袋更活躍。酸梅也是母親自己醃的，還幫我用塑膠保鮮盒裝了約二十粒，妙的是我居然一顆也沒吃，想來關於食物方面，大概在旅途中吃到的當地食物都讓我很滿意吧。

對於醫藥品也讓我很傷腦筋，後來拜託附近的醫生要了一些抗生素，結果也只帶了那些藥品。

換作是現在，我應該還會再多加幾樣東西。

曬衣服用的繩子、小袋子分裝的洗衣粉，還有超市常見的購物袋，另外也會準備透明文件袋取代用來裝車票、收據的牛皮紙袋吧。

而且現在除非是去沒有水的地方，我應該不會帶衛生紙去了，因為在印度我學會了其實用水和手會比用紙要更乾淨也更舒適。

行李中一直困擾我到最後的是書本。

因為沒有一本有助於我想要從事的旅行，旅遊導覽的書籍我打從一開始就先放棄了。偏偏我又不認為長達好幾月的旅行可以忍受無書相伴，我雖然還不到活字中毒的程度，但平常搭電車時如果沒有帶本書翻閱，心裡總是感覺很不踏實。

到底要帶什麼書？帶幾本呢？最初的清單是十本。但每一次重新打包行李就不得不刪掉一本，最後只剩下三本。

剩下三本之一是《星座圖鑑》，另外一本是《西南亞的歷史》。

到絲路旅行應該到處都能看見美麗的星空吧，但如果不懂星座，再怎麼漂亮的星星充其量也只能算是「星塵」，因此我決定帶本星座書一邊確認一邊旅行。

然而實際旅行時，根本沒有好整以暇認真眺望星空的時間，不對，其實時間多得很，但沒有眺望星空的心情，後來那本書就送給了在德里認識的日本人。

至於從印度到歐洲必須穿越而過的西南亞各國，是我最缺乏認識的地區，所以心想至少要先讀過這些國家的歷史大事。原本打算旅行前就先翻閱，但後來覺得在經過那些地區的當下讀應該會比較容易記住才是。

星座書是文庫版大小，很輕，西南亞歷史則是厚重的硬皮書。而且我本來打算馬上就進入西南亞的，結果卻在香港和東南亞耽擱了很久，以致於沒有可活躍的場面。實在受不了背包裡老是有本厚重的書，一直很想送給旅途中擦身而過的其他日本人，可惜沒有人想要那本書。

後來終於要踏入西南亞地區時，才得以在實際走訪那些國家的過程中閱讀那本歷史書，而後在即將離開西南亞進入歐洲前，剛巧在伊斯坦堡認識了一名日本大學生，我跟他說起了這本書，他表示很想一讀，於是我便很高興地送給了他，還特別交代說到時候不要的話，可以順手丟掉。不久我回到日本後，那名大學生不僅很有禮貌寄來謝函，也把書寄還給我。

除了兩本書以外，我希望帶一本不管怎麼讀都不會厭倦的書。小說的話，一天就看完了，肯定無法一讀再讀，甚至三讀四讀，所以說詩集應該會比較適合才是。

這想法不錯，但應該還是撐不久。也許我會思念的不是日文的文章，而是漢字，這麼一來，挑選有許多漢字的書應該不錯。

就這樣很快做出帶漢詩上路的結論，於是我到書店從漢詩的書架上挑選了中國詩人選集中的一冊《李賀》。

至於漢詩之中為什麼是李賀呢？原因來自於我在TBS《調查情報》編輯部聽到的一段對話——

有一次於每天傍晚都會召開飲酒會上，提到了中國唐代詩人李賀的話題，我不知道他是誰，於是隔天便立刻到圖書館找李賀的書來看。當時並沒有太多的感觸，大概是因為詩的內容過於艱深的關係吧？只留下這個人很年輕就死了，「鬼才」一詞是為了表現他的才能而給予的封號。

倒是李賀的詩中有這麼兩句：

長安有男兒，

二十心已朽。

記憶中我感覺這兩句詩跟保羅・尼贊[3]在《阿登・阿拉伯半島》開頭所寫的：「我二十歲了，我可不容任何人說那是人一生中最美的年齡」可以產生共鳴。或許正因為我個人沒有「二十心已朽」，所以反而心生一種嚮往之情吧。

當年二十六歲的我帶去長途旅行的漢詩集不是杜甫或李白，而是李賀，想來是因為一如我對保羅・尼贊的關心一樣，我對於這個和自己年齡相近就夭折死去的人也同樣關心。

3 保羅・尼贊（Paul Nizan, 1905-1940），法國哲學家、作家。和沙特是學生時期的好友。

第三章 以旅行為生

香港，將單純的自己放在異國的土地上

這趟歐亞大陸之旅，我遭逢了許多意想不到的幸運，其中，起站的第一步是香港，可說是我最早也最大的幸運。

就像之後我在遊記中提到的一樣，故事要從我幾乎是在莫名其妙的狀況下，長期住進位於九龍的賓館風格飯店說起。

這家飯店就設在一棟名為「重慶大廈」的住商混合大樓裡面——如今，對到過亞洲旅行的人來說，「重慶大廈」可說是知名的存在，但在寫遊記的當時，我還擔心有人會按圖索驥找到那幢大樓，因此故意將名字和地點寫得很曖昧。故意寫得曖昧的不只是「重慶大廈」的名字和地點，其中我所住過的飯店也稍微改了一下名稱：我寫的英文名是「Golden Palace Guesthouse」，中文名「金宮招待所」，其實真正的英文名是「Golden Guesthouse」，中文名則是「金屋招待所」。比起「金宮」，「金屋」二字感覺比較收斂，大概是怕來此住宿的人會遇到不必要的困擾吧。

待在香港每天都像在逛廟會一樣快樂，無數的人聚集在狹小的地方，就像蒸籠裡的饅頭一樣充滿了熱氣。我也沾染到那些熱氣，每天日子都過得興高采烈。餐廳和攤販的食物都很好吃，而且很便宜。只需搭幾分鐘的渡輪，感覺就像是豪華大郵輪一樣。尤其透過筆談，在某種程度彼此可互通心意，只要自己能找到旅遊的方式，並且樂在其中，自然就充滿無限的可能性。

之後我才明白，因為逐漸習慣氣候、水和食物，還有濕度、氣溫和調味的辛辣度……從香港經東南亞到印度，就適應異國風土而言，或許可說是理想的路線，所以後來進入印度後，我既沒有因為喝生水而拉肚子，到哪裡也都能充分享受當地的食物。

接下來從印度穿過巴基斯坦、阿富汗往西，到伊朗、土耳其後就越來越都市化。例如到達土耳其的伊斯坦堡時，我心想：啊，自己終於踏上了西方的土地；可是對從歐洲南下的人們來說，一進入伊斯坦堡反而有種接下來就是東方世界的感覺。

或許這就跟登山時所說的「高度適應」是同樣的道理吧？當要攀登七千、八千公尺的險峻高山時，登山家會先爬上五千、六千公尺等較矮的高山，讓身體能夠習慣，否則就會產生食欲不振、頭痛、嘔吐等高度障礙的症狀。我不確定拿印度跟七、八千公尺級的高山相比擬是否合適，只是若直接入境該國，我擔心自己搞不好也會產生某種程度的「高度障礙」。

以香港為跨出旅行的第一步，不僅有「適應」上的好處，對於之後的旅程也產生了決定性的意義，停留在香港的期間，我幾乎已經確立了旅行的型態——比方說「記錄」。

我在背包裡裝有大學用的筆記本，但是並沒有考慮過該怎麼書寫。然而，到達香港的第一天，我就決定了寫筆記的方法：左邊的頁面寫上當天的行程和支出明細，右邊的頁面則是寫上備忘用的隻字片語或短文。到了晚上還會另外寫信。

起初我會寫在從日本帶來的航空信紙上，後來則是使用最經濟的航空郵簡。只是在到達香港的第一天，我的信卻始終都沒寫完，直到第三天晚上才好不容易寫好第一封信。當然我不是持續一直在寫，而是每天晚上出門逛街回來後接著寫，就這樣寫出了多達二十張信紙的長信。

又比方說「逛街」。

我沒有帶可作旅遊導覽的書，一方面是因為沒有適用全程的旅遊導覽，而我也不想帶有只介紹其中幾國或幾個城市的導覽書。除了是怕增加背包的重量外，也因為我總覺得跟著旅遊導覽書行動顯得很無趣。

所以到了香港街頭，儘管很陌生，我仍昂首闊步自由行動，那樣能帶給我新鮮的驚喜，就好像觀賞一部不知道導演、演員和情節的電影，結果驚豔於電影的精彩一樣。

尤其是廟街和附近的巷弄，真是怎麼逛都不會膩。可是，如果參閱當時所出版的旅遊導覽，其中在香港篇章所提到的廟街是這麼寫的：

本區沒有「觀光景點」，當然也不會被安排在各旅行社的觀光行程中。以下僅為了參考而稍作介紹，一般觀光客不應該來此。本區看不到任何外國人，也只能使用廣東話，如果停留期間較久的人想要到此一看，千萬要找值得信賴、做事可靠的導遊作陪。當然單獨女性或是只有女性同伴者，萬不可到此觀光（Blue Guide 海外版《香港．澳門．臺灣》）。

要是我有這本旅遊導覽，並聽從其「忠告」，只怕我在香港品嘗到的興奮感將會只剩下好幾分之一吧。

香港之後的其他城市，我也完全不依賴旅遊導覽，自由自在地隨意逛街，因為那樣才能持續不斷帶給我新鮮的驚喜。

基於那次的經驗，之後的旅行我也不會帶旅遊導覽上路，採訪之旅或是帶家人出遊則另當別論，不帶導覽書的旅遊僅限於時間很多、不怕出任何差錯的一個人之旅。

的確，不帶旅遊導覽上路，可以用新鮮的心情去面對造訪的國家或城市。但我覺得自己不帶旅遊導覽的理由似乎並非僅止於此，為什麼自己會那麼討厭帶旅遊導覽上路呢……

直到最近我才懂得如何用言語說明另一個理由——

日本有一位世界級的攀岩高手，名叫山野井泰史先生。山野井先生是以阿爾卑斯山式攀登法（Alpine Style）爬上喜馬拉雅高峰而舉世聞名。

所謂的阿爾卑斯山式攀登法，是指盡量以最簡便的裝備，於短期間內攻頂的登山方式，跟使用大量搬運工、動物運送基地帳篷等行李，甚至還要借助高山嚮導的力量搭建前進帳篷攻頂的「極地式攀登法」剛好完全相反。而且，山野井先生幾乎都是靠自己一個人的力量完成的。

山野井先生在說明自己不想帶著無線電等文明利器取得山上天氣等資訊時，曾對我這麼說：「我希望盡可能將單純的自己放在山上。」

將單純的自己放在山上——因為那樣比較好玩。如果事先什麼都知道、也確定安全無慮，那又何必攀岩呢？唯有在不知道的情況中，自己火力全開面對挑戰才能產生樂趣。

我完全能理解山野井先生的意見，於是我這麼想：我到陌生國度旅行時幾乎不帶導覽書也是想要盡可能將單純的自己放在異國的土地上，我想讓單純的自己自由自在地活動。實際上能夠自由到什麼程度，我不知道，但我就是想盡可能不借助任何的外力去行動。

當然也有不順利的時候，回到日本後我也常常會抱怨，早知道就不要那麼辛苦，當初應該這麼做才對！但我仍不覺得因此就該事先都知道，畢竟不管是對那片土地還是對自己本身來說，因為不知道而陷入苦戰苦鬥，最後才能知道得更多。

宋卡，旅行是一種學習

旅行時，往往在不經意間會學會很多事，從找尋住處、搭乘交通工具的方法，到語言的使用、與人的對應等等，可以在不知不覺間變得嫻熟。

例如我在香港學會在有許多中國人居住的地方可以透過「筆談」進行溝通。從泰國曼谷南下前往新加坡時，我也理解到即便對方不是中國人，使用記事本和原子筆仍是有效的方法。

關於語言，進入一個新的國家最先需要學會的應該是一到十的數字。

對於旅行者來說，最重要的是住宿、吃飯、搭乘交通工具時的金錢交易。實際上在做金錢交易時，儘管搞不清楚千元或是百元的單位會出問題，但只要開口說出數字，對方就會知道在談價錢，於是接下來就可能透過「筆談」溝通。

不知從何時起，每到一個新的國家，我都會找一個看起來好像很閒的人教我當地的語言，可惜我的語言能力不好，一次無法記住太多。因此我只學習最低限度需要的單字。

多少錢
什麼
哪裡
什麼時候
你好
謝謝
再見

因為我很清楚只要記住以上兩組的七個單字，就算被丟在毫無資訊的土地上，也都能處之泰然。

另外，找尋住處的方法或許也是在不知不覺間就能學會的。大概是香港的經驗太過強烈的關係吧，我到東南亞時，對華僑居住的區域便完全免疫了。拿住處來說，儘管價錢再怎麼便宜，只要是中國人開的就能保持最低限度的乾淨；拿餐館來說，哪怕店面再怎麼破爛，只要是中國人煮的肯定都是過過火的安全食物。因此，之後我不管到哪裡，總是會先找出中國城在哪裡。

另一方面，有些時候我也會自覺到自己正在學習很重要的事情。

在我南下到馬來半島的途中，曾在宋卡（Songkhla）這個度假勝地認識一對從日本派駐來泰國的夫婦——那對日本夫婦剛好跟我住同一家飯店，晚餐後在酒吧裡聊天時，從他們的言談中我強烈意識到自己正在學習一種新的觀念。

那對夫婦到曼谷赴任還不到一年，從他們口中交互提到的曼谷和泰國等情況，讓頭一次聽到的我感覺津津有味。

「在泰國，女傭是會測試主人的。」

那位太太做了以下的說明：

受雇到人家的女傭，一開始被命令做事時，比方說要她端水上來，她會偷偷測試這戶人家的主人，也就是主婦是什麼樣的人。

女傭會用有破口的杯子盛水端上來，這時主人不可以生氣，因為這是女傭在測試自己。主人必須不生氣，同時也不能故意放水，而是要好聲好氣地指摘出杯子有破口，凡事沒關係、沒關係的態度只會讓女傭瞧不起。下一次女傭則是會用髒杯子盛水端上來，於是主人還是得好聲好氣地指出來，這樣女傭才會心存尊敬地說，我家太太的心跟大象一樣。

「我就被同樣的做法測試過。」

「那結果怎麼樣了呢？」

聽到我問，那位太太笑著回答：「看來我也變成了大象。」

他們夫婦還告訴我許多新知，從泰國人的時間觀念、飲食習慣、性意識、金錢觀，到泰國目前的政經問題，以及最近跟鄰國間爆發的緊張關係等。

「來到這個國家後，我做出了有生以來的第一次行賄。」那位太太以有點惡作劇的口吻這麼說。

她剛來到曼谷不久，有一天搭計程車時被捲入一場小車禍，警察立刻趕到現場，說要把所有人都帶回警局。看到她因為有急事待辦而面露難色，對方竟提出交換條件，要求拿出四十銖，她不得已給了對方，結果沒有人被帶回警局，警察連車禍現場也沒檢驗就撤退了，原來打從一開始警察就沒有意思要帶人回去。

「之後也遇到過好幾次被要求賄賂的情形，因為怕麻煩就都給了。對於收賄和行賄，我已經不痛不癢了。」

據說當時在曼谷，至少車禍問題還是可以用金錢來解決的，甚至開車撞到別人家的小孩，只要給錢，反而會讓家裡孩子太多的父母額手稱慶，簡直令人難以置信卻又真有其事。當然，在這種情況下也必須付給警察相當的報酬。

不過，這時她先生說話了。

「在曼谷的日本人總以為泰國警察愛錢，有錢對泰國人也好說話。確實這種情形不能說是沒有，但也不能以偏概全，畢竟任何事情都有例外，而這例外往往會發生在自己身上。」

有個住在曼谷的貿易公司職員妻子開車衝撞了小孩，因為撞到要害，小孩當場猝死。那名妻子想循往例用錢解決，不料小孩的父親是泰國政壇的有力人士，被肇事者的態度給激怒的父母，不但沒有拿一銖半毛的賠償金，還要求對方用勞動來賠償，最後雙方談不攏鬧上了法庭，結果那名妻子被判刑，給關進了監獄。

「悲劇到此還沒結束呢！」太太接著說：「她先生公司的主管為了平息泰國政治家的怒氣，竟逼他們離婚。」

「怎麼可能！」

「這是真的。也許你很難相信，那名妻子因為在服刑中，幾乎是被單方面給休了，搞得精神狀況也不太穩定。」

他們夫婦倆跟我聊了許多，直到夜深人靜。

不過，我從他們口中「學到」的，並非那些有關泰國、曼谷等悲、喜劇的「洞見」。聊到最後，那位先生嘆了口氣說：「不過話又說回來，外國還真是充滿了未知呀。」接著又繼續說：「結果我真正知道的，也許只是未知吧。其實不知道也無所謂，正因為明白有些事情是我們不知道的。有必要的話就會從頭開始調查，但如果是一知半解，搞不好會因而做出錯誤的結論。就算在一個國家待了很久，唯有自知認識不足的人，才越不會出錯。」

原來如此，我頗有同感。我不知道他是貿易公司職員還是大使館員，但得知在外國的日本人中有像他這樣的人存在，我有種得救的感覺。因為在我旅行初期遇見他們，對日後的旅行起了莫大的影響。

真正知道的，就只是未知。

在旅行的時候，我會將這句話放在腦中的一隅，而且我覺得這句話不僅適用於異國，似乎對所有事物也都能通用。

總之，當時聽到這句「真正知道的，就只是未知」，是我在這趟歐亞大陸之旅學會的最重要觀念之一。

原打算在途中變賣的相機竟成為最終的旅伴

旅途中我帶了Nikon的Nikomat單眼相機，那是我的攝影師朋友內藤利朗，以幾乎免費的價格幫我跟他的朋友買來的二手貨。

我之所以帶相機上路，不見得是為了拍攝沿途國家的風景，主要是擔心一旦途中資金缺乏時隨時可以變賣，算是一種「保險」措施。

我聽說當時從印度到土耳其的西南亞地區，購買日製相機的價格會比日本高很多，尤其他們對Nikon相機的信仰度極高。事實上在加爾各答的黑市裡，他們不但有Nikon的最新目錄，也比我還了解在日本的實際售價。

內藤不僅幫我找來相機，在我出發前夕還送了我五十卷的柯達彩色底片。可惜在旅途中，我並不是那麼熱衷於拍照。

事到如今，我還是搞不懂自己對於拍照為什麼那麼不感興趣。

回想起我和照片，或者說我和相機，最初的關連應該要回溯到我國中三年級的時候。當時家裡有一臺戰前製造的舊式相機，打開鏡頭蓋子後，鏡頭會連同伸縮皮腔彈跳出來，製造廠牌應該是美樂達（Minolta）。

國三那年的秋天，學校舉辦畢業旅行，我也跟其他同學一樣決定帶相機去。東京公立國中的畢業旅行內容幾乎大同小異，都是到京都和奈良一帶走一圈。我對那次的旅行記憶不多，只記得搭遊覽車爬比叡山到根本中堂的那一段。印象深刻的是回程在半山腰看到京都夕陽的美景，還有覺得根本中堂的命名很好玩。

畢業旅行回來後，學校舉辦了畢業旅行的攝影比賽，我應該只有帶去兩、三捲的二十張裝底片，所以拍的照片不多，可是看到沖洗出來的黑白照片後，我決定報名參加比賽。

比賽分為兩個項目，一是單張相片，一是最多六張的系列照片。我所拍的照片主題都很平常，如果報名參加單張項目只會顯得更平凡，但如果稍加組合的話，也許還能有所為也說不定，於是我想了許多的組合方式。現在回想起來，我後來在出攝影集《天涯》時所做的事，其實早在國三時就做過了，而且也跟出版《天涯》時一樣，那時我十分樂在其中。

總之，我從沖洗成名片大小的照片中挑選出了六張。當時我的想法是，大部分的照片是跟朋友合拍的紀念照，必須得先剔除才行，這麼一來就只剩下神社寺廟和佛像的照片，因此我直接定出了「佛閣」的主題，共是三張神社寺廟、三張佛像。同時，我又試著將其組合成直拍三張、橫拍三張，要說簡單的話，的確沒有比我更簡單的照片組合了，但我還是將精心挑選的組合拿到附近的相片行洗成比賽規定的格式。愛拍照的父親起初覺得很麻煩，聽到我說要參加學校的攝影比賽，頓時衝勁十足，不但準時幫我到相片行領取照片，看到漂亮的成果後，連相片錢都替我出了。

比賽成績由全校學生們投票決定，在學校走廊展示半個月後，再進行投票，結果很意外地我的照片得到了系列照片項目的第一名。雖說是國中的校內比賽，也還是設有獎品，我得到一本綠色封面，上面以燙金字寫著「PHOTO」的相簿，那本相簿收藏了我國中時代的照片，至今仍保存在家裡。

參加攝影比賽的照片有六張，但是綠色相簿裡面只剩下五張，缺失的那張是「東大寺四天王像」。那是我最喜愛的一張，因為別班男同學堅持想要，印象中好像是以五十元還是一百元的價格轉讓了。如今回想，真是可惜。然而，當時的我應該是高興地大喊「賺到了」才是！

通常在校內比賽榮獲第一名、得到獎品，甚至有同學要求轉讓作品，照理說應該會開始對拍照大感興趣才是。真的跟拍照有緣的少年，應該會卯起來大拍特拍，希望將來成為攝影師吧。但是我沒有。

當然那個時候不像現在，還沒有關於攝影師這項職業的資訊，不過就算有充分的資訊和知識，我應該也不會心動，因為對我來說，成為職業運動選手依然是我的夢想。

此外，我對拍照不感興趣還有別的理由——我的確是得到了第一名，但其實之上還有一項特等獎。特等獎是從單張照片和系列照片的第一名中再挑選出來的，前者獲得了特等獎，而且還是由老師們評選而出。得到特等獎的照片是拍攝男學生在旅途中幽默好笑的瞬間，我雖然不覺得拍得有多好，但倒也沒有心生不滿，因為我也不覺得自己的照片全是自己的作品。

參加比賽的作品是附近相片行老闆卯足全力幫我沖洗的。相片行老闆留著一頭長髮，以現在的眼光來說很有型。他的身材瘦削，活像是上了年紀的昔日文藝青年。聽說是因為肺部有毛病，才租了這間小店開相片行，實際上也常聽到他小聲咳嗽，想來傳聞應該是真的。

相片行老闆看到我拿照片去洗，跟我討論了老半天後，問我可以做些trimming（修剪）嗎？我頭一次聽到trimming一詞，聽他說明後，便回答「當然沒問題，那就麻煩你了」。幾天後看到洗出來的照片，不禁懷疑這真的是自己的作品嗎？不過只是修剪了幾公分，有的照片甚至只是幾公釐，呈現出來的氛圍卻是完全不一樣。六張之中沒有修剪的只有「東大寺四天王像」和「法隆寺金堂」，此外「金閣寺」和「根本中堂」也都做了微妙的修剪。因此得到第一名時，我不禁覺得不是靠自己的拍照實力，而是相片行老闆的幫忙，事實上也的確是那樣。

我的拍照經驗，或者說是相機經驗就那樣結束了。甚至到了高中畢業旅行時，我連相機都沒有帶。不對，不只是高中畢業旅行，就算進大學後一有長假我就走訪日本各地，我也從來沒有帶相機上路過。如今追究原因，我已無法明確記得當時的心情，只知道完全沒有將當地風景拍成照片的念頭，大概只要能住在青年旅館等廉價飯店，到處走透透就能讓我心滿意足了吧？也可能是因為我覺得花錢買底片、還要沖洗成照片太浪費了。假如有那些錢的話，我肯定會選擇多住一晚或兩晚。

因此從高中到大學時期，我幾乎沒有留下任何的旅行照片，跑了日本那麼多地方，居然連一張照片都沒有，的確讓人覺得很不可思議。

大學畢業後，我為了成為自由的文字工作者而開始活動。我想成為作家，卻又沒有當過某人的弟子，也沒受過特別的教育，單純只是採訪自己有興趣的題材寫成文章而已。如果曾經在報社或出版社待過，或許還能學會採訪時至少也該帶個傻瓜相機隨行的常識吧。除了「非帶不可」這種少數例外，我從來都沒有帶過相機出門。至於什麼是「非帶不可」的情形呢？比方說需要有判決紀錄時，因為法院不可能給影本，只好用相機拍成照片，或是為了詳細記錄某戶人家的室內情況，必須利用照片代替手寫等情形。

成為作家之後的採訪之旅，我也沒有為了拍攝人物或風景等目的而帶過相機。或許是跟身邊有內藤這個朋友的存在有很大的關係吧？內藤可說是我的兒時玩伴，他從日大藝術學院畢業後，就進入秋山庄太郎的工作室擔任助理，採訪需要照片時，只要拜託內藤，他有空都會跟著我上山下海，毫無怨言地幫我拍攝。內藤忙的時候，還有內藤的朋友渡邊順一可以趕來支援，所以我確實沒有帶相機的必要。

歐亞大陸長途之旅固然帶單眼相機上路很不錯，但因為我沒有任何強烈的目的意識，幾乎只是在旅途中跟認識的人拍些紀念照而已，可惜終沒能派上什麼用場。

尤其在絲路途上於各國搭乘公車時，車上共乘的人會不斷招待你一些東西，像是水果、零食，還有香菸。我不吸菸，水果和零食則是來者不拒。我沒有可以回請的東西，於是就幫他們拍紀念照，因為只是那樣的一個小動作，他們就會很高興。

除了那些紀念照外，歐亞大陸之旅所拍的照片幾乎已經寥寥無幾，任何景點頂多都只剩下一兩張而已。不過其中有一處例外。

那裡是印度的菩提伽耶，正確來說，應該是從菩提伽耶開車更往裡去的沙曼巴亞。對我而言，在印度最難忘的體驗之一是到沙曼巴亞一所被稱為「阿修欄」[1]的義工組織，短暫生活了幾天。那裡不是用來修習冥想或瑜伽的道場，而是教育被種姓制度排除的孩童們學習農業技術的「農場兼寄宿學校」——一群從四、五歲到十四、五歲的少年少女們為了將來能對自己的村莊有所貢獻，在此接受來自海外善心人士的援助及教育。儘管宗旨如此，但是對生活在最低階層的人們而言，那裡不過只是減輕家裡吃飯人口的設施罷了。不管是在農業技術的指導方面，還是課業方面，都距離差強人意的程度很遠，似乎對孩子們來說，一天能夠吃到三餐已經是很幸福的待遇了。

帶我前去道場的小卡車上，還有即將入學其中的兩名小女孩同行，她們並非姊妹，彼此也不認識，只因明白除了彼此已無可依賴的人，所以兩人緊緊抱在一起。她們都不是孤兒，也各自有家人的存在，儘管進入道場學習後，恐怕有好幾年都無法再見，卻都沒有人來送行。

小女孩們抵達道場後，立刻被脫去衣服、剪短頭髮，打扮乾淨，可是她們經過了一天，卻還是一語不發，除了用餐時間外，幾乎都是面無表情地茫然睜大眼睛。當然她們沒有加入其他孩子們的遊戲中，那種對外界毫不關心的神情令人心痛，彷彿才四、五歲卻早已經看遍人世間如地獄般的慘狀。

停留在道場的期間，我很積極地拍照，因為我很在意那兩名小女孩。和其他小孩一起玩時，眼睛餘光仍不斷尋找她們的身影，一旦找到後，立刻拿起相機就拍。

也不是順便的意思，結果除了她們倆外，我也拍了其他的少年少女，當那些孩子們在道場附近散步時，我也把周遭村落的樣子給拍進了畫面裡，最後在沙曼巴亞道場幾乎用掉了我帶去底片的一半左右。

幾天之後，我看見小女孩頭一次對周遭事物表現出關心的態度，事情發生在負責照顧的年長少女在幫另一名少女綁辮子的時候，小女孩之一站在旁邊看，不久另一名小女孩也走了過來，跟著認真地盯著看。負責照顧的少女發現後，笑著跟她們說話，兩名小女孩的

---

1 阿修欄（Ashram），或稱為靜修院、道場，這種則比較像是一處共同生活體。

臉上開始露出類似微笑的表情，也許大姊姊是說，等妳們頭髮長長了，我也會幫妳們綁辮子吧。

在沙曼巴亞道場所拍的照片，包含了捕捉到那兩名小女孩對外界打開心房的決定性瞬間，讓我覺得辛苦帶來徒增行李的相機是值得的。

不知道是幸或不幸，因為在可以賣掉相機的地區我不缺錢用，到了手頭吃緊的時候卻又進入相機變賣不了幾塊錢的地區，於是那臺單眼相機終於沒有被賣掉，陪著我一起又重新回到了日本。

在那趟旅行中，我大概寫了一輩子份量的信

我在旅途中寫了很多信，因此回日本後，我常這麼開玩笑說：「在那趟旅行中，我大概寫了一輩子份量的信，所以現在變得懶得提筆。」

總之時間多得是，更重要的是心中感觸良深。

當時的我大概很想找個人說說話吧？不是日記那種自言自語的對話形式，而是想寫具有直接對某人訴說之要素的文章。

旅途中除非遇到特殊狀況，根本沒有說話對象，頂多只是跟服務業的人有隻字片語的英文交談，內容僅限於必要的事項。

寫信的對象則不一而足，主要是寫給四個好朋友。有時寫信是為了抒發每天的體驗，但其實並非只有那樣，感覺有時自己單純透過跟別人訴說的方式，是拚命想取得內在精神的平衡。

另一方面，也有純粹為了樂趣而寫的信。

那是寫給ＴＢＳ「Puck In Music」深夜廣播節目主持人小島一慶先生的信。

前面已經提過ＴＢＳ《調查情報》是培育我成為非小說作家的搖籃，其實我跟ＴＢＳ在其他方面也有各式各樣的關連。

例如製造我和植村良己認識機會的田中良紹先生——田中先生從電臺進入電視圈，擔任晨間新聞的製作人，他挑選了黑田征太郎和飯田蝶子這一對令人跌破眼鏡的組合擔任主播，於每個周末的早晨播出。

有一次為了缺錢的我，想給我打工機會的田中先生，不知道是哪根筋不對勁，居然突發奇想要我在那個晨間節目裡擔任新書介紹單元的主持人，而且還必須現場採訪作者。

第一次邀請的是當時因《望鄉——山打根八號娼館》而蔚為話題的山崎朋子女士，以及剛出版《留白之春》的瀨戶內晴美女士。

現在回想，除了都是非小說作品外，這兩本主題天南地北的書和作者實在沒有擺在一起接受採訪的理由，就算是再怎麼厲害的主持人也很難勝任吧，何況我還只是個初出茅廬的「菜鳥」。

怯場的我，一開始說話就吃起了螺絲。

「今天要介紹的是山崎朋子女士的《望鄉——山打根八號娼館》和瀨戶內晴美女士的……」

說到這裡我便頓住了，腦海一片空白的我完全想不出瀨戶內女士作品的名稱。

這時瀨戶內女士若無其事地從旁幫腔。

「澤木先生，是《留白之春》。」

她不是偷偷在我耳邊低語，也沒有刻意壓低聲音，因為說得很自然，甚至會讓觀眾以為這是事先安排好的做法，當時瀨戶內女士還未出家，但從那個時候起，她對我而言已是「尊貴」的存在。

不管怎麼說，那天我肯定是流了大量的冷汗，從我對那段訪問如何結束毫無印象看來，我應該是從頭怯場到尾吧。可是之後田中先生還是一有機會就找理由讓我客串上節目，而且還給了我超乎想像的報酬。

旅行歸來的我，長期開始貫徹不再上電視的方針，似乎理由之一跟當時的經驗脫不了關係。

話又說回來，田中先生離開後，我在TBS電臺還有其他製作人朋友，也認識了一些主持人，其中之一就是小島先生。小島先生的「Puck In Music」曾經找我上節目聊過幾次天，說不定《年輕的實力者們》上市時，他也讓我前去宣傳過。

小島先生的「Puck In Music」是深夜播放的節目，內容有很多單元，經常會邀聽眾來函參與。我在當場聽了他誦讀內容滑稽的來信時，心想有一天自己也要寫寫看。踏上旅途的我很高興機會終於來臨，便決定寫信到「神經病俱樂部」這個單元。

不料，旅行回來後卻發現那個單元沒有了，不對，單元還在，而是名稱變了——由於「神經病」成為廣播禁止用語，所以改成了「MAD．MAD俱樂部」。

回日本後，我隔了好久才去找小島先生，他將慎重保管的那封信還給了我。在原本寫著「神經病俱樂部」的地方被畫線，修寫成「MAD．MAD俱樂部」。

小島先生手指著那裡，面有愧色地道歉說：「不好意思，修改了你的信。」

我當然一點也不介意。因為我的信似乎已用在節目上，這讓我高興都來不及。

那封信的內容如下：

小島一慶先生

你好嗎？

離開印度後就想立刻寫信給你，可是一抵達目的地，就因為公車晃蕩的疲憊而倒頭就睡，根本無法執筆。加上新的目的地很好玩，我拚命地到處逛，搞得自己更加筋疲力盡。

現在我在阿富汗名叫坎達哈的城鎮寫這封信，因為在阿富汗比較能夠悠閒地旅行，所以終於有提筆的氣力。不過老實說，理由還不只是那樣，可以的話，我希望能參加一慶兄節目的「MAD．MAD俱樂部」單元。

我要說的是巴基斯坦的公車，沒錯，就是公車。我不知道公車是否有成為俱樂部成員的資格，但是它瘋狂起來的樣子十分可觀，儘管我已離開巴基斯坦，回想起來還是覺得很好笑，也覺得毛骨悚然。如果要命名的話，或許巴基斯坦的公車都可叫做「瘋狂快車」吧！

骯髒、得跟當地人一起擠，發動時的劇烈搖晃，窗戶不是打不開就是關不上，突然剎車時座位會衝到前面，半路要上車時得衝刺跳上來，車資很便宜，以上都不值得大驚小怪，因為除了日本外，亞洲的公車大都是上述情況。

巴基斯坦公車令人驚訝的是，儘管包含上述所有狀況，居然還能高速行駛。

總之，就是橫衝直撞，拚了老命似地勇往直前。也因為是破舊老車像發瘋似地高速行駛，乘客的身體就像是被機關槍掃射一樣，不停地噠噠噠噠震個不停。想要開窗的人，眼睛肯定睜不開，不是因為飛沙，而是風壓太強。說來你也許不相信，管它是賓士還是豐田的私家車，照樣都被超車過去，感覺就連大卡車也沒被放在眼裡。可是問題是，超車才真是瘋狂的所在——對方若是私家車或卡車倒也還好，萬一同樣都是公車，又會怎麼樣呢？那就會變成兩個瘋狂司機爭得你死我活的比賽。

如果前面的公車稍微顯得比自己要遜色的話，便開始狂按喇叭，要對方閃到左邊去。當然對方怎麼可能會閃，這時從後面急起直追的公車就開往對向車道準備超車，可是敵車在兩車並列時卻突然猛踩油門，就是不讓對方搶先……本來道路就不寬了，同時兩輛大型公車並列行駛，更是擠得水洩不通。這時對向要是有車開過來的話，又會怎麼樣呢？如果是私家車，大概就會用力一轉往右避開。可是呀可是……當這兩輛瘋狂公車正在決一死戰中，要是對向也開來一輛公車，那就將會變成三輛瘋狂公車。

前方的敵車不讓，這裡則是硬要超過，而對向來車也堅持不放慢速度、不閃躲，而且為了表達司機的堅定意志，還故意讓車頭燈閃了又閃，意思是說，老子是不會讓路的！天啊，要撞車了！好幾次我都快被嚇壞了，但很奇妙的是，就是不會相撞。天啊！當你嚇得閉上眼睛又睜開時，以為肯定會出狀況，結果只能說是奇蹟，三輛公車都若無其事地繼續行駛。你說這不叫瘋狂，什麼才是瘋狂，這不叫MAD，什麼才是MAD呢？

正當我讚嘆居然不會發生車禍時，果然車禍還是免不了。

那是發生在從拉合爾前往拉瓦平第的路上——拉瓦平第緊鄰巴基斯坦的首都伊斯蘭馬巴德，當地人暱稱為平第。相對於伊斯蘭馬巴德是人工建設的政治都市，平第是汲汲營營充滿人生百態的純天然都市，白天到伊斯蘭馬巴德工作的人們，夜晚則回到平第。

開往平第的公車真是太勁爆了，也不知道司機在不高興什麼，開車橫衝直撞的，先是在小型停車場撞到了一輛當地稱為坦加的馬車，跟馬車主人起了激烈爭執。這時乘客中有個一臉美髯的老人家居中調停，雖然三兩句話就擺平了雙方，但之後卻依然險象環生。當然，前面所提到的瘋狂賽車至少也發生過十幾次，時間是在夜裡，天色越來越黑，可是司機老兄居然想跟腳踏車玩起瘋狂賽車的遊戲。我一路唉聲嘆氣，心中已死了半條心，覺得自己根本不可能走到倫敦，旅行終點大概將是在這悲哀的巴基斯坦土地上吧？

黑暗的遠方突然好像可看見米粒般的亮光，彷彿是湖邊城市所呈現的燈火光帶……當然，在這輛公車和那條燈光帶之間，不可能存在湖水，而是沙漠般的荒地，但已經讓我有或許可以從恐懼中解脫的安心感，不禁覺得那些米粒般的亮光很美，充滿了幻想，沒錯，那就是平第的燈火。

嗯，我安心了——不料就在那個時候，遭到猛然的撞擊！司機老兄又玩起了瘋狂賽車，跟前面的公車並排行駛、超車，就在開到對方車身前面時，發出一聲巨響，只見一輛白色私家車飛往了對向車道。大概是在被超車的公車前面有那輛白色私家車，我們的公車撞上了對方吧？然而我們的公車卻依然火速前進，完全沒有停下來的意思。我想乘客中至少也該有個人因遭到撞擊而大驚小怪才是，可是大家都沒有抱怨。

因為太過突然而嚇傻了吧？司機老兄跑了將近一公里後才放慢速度，回過頭問類似「什麼東西」的問題。坐在最後面的一位老爹大概回答說「不知道哩。後面有車開過來。既然還能動，應該沒事吧」。我雖然覺得還能動的肯定不是被撞的車，但公車裡的乘客都異口同聲拚命點頭說「恰羅、恰羅」，意思是「繼續開車、繼續開車」。

唉！真是太瘋狂了！怎麼會有如此瘋狂的事！

因此但願臺端能將這名瘋狂快車的司機、乘客和公車都列為「MAD．MAD俱樂部」的海外特別委員。

最後為了巴基斯坦公車名譽，我要補充的是，以上情形僅限於長途公車，有些鄉下公車開的比馬車還慢。

另外，我停留在巴基斯坦的期間是齋戒月的後半段，從早上六點到傍晚六點，身為回教徒的巴基斯坦人幾乎沒有進食任何東西，怪不得脾氣特別暴躁，這一點也不是什麼不可思議的事。

下次有機會，我還會寫信給你。

澤木耕太郎

寫自阿富汗坎達哈

這封信後來用在遊記中，幾乎是一字未改原封不動。

從大眾公車窗口看到的風景成為映照出自己的鏡子

如果說在這趟旅行中有什麼規定自己必須遵守的小原則，大概就只有規定從德里到倫敦必須搭乘大眾公車前去吧。

結果那項原則是否奉行到底了呢？除了從希臘前去義大利、從法國轉往英國時搭乘渡輪外，幾乎可說是完全守住了。這裡用「幾乎」二字，是因為從阿富汗和伊朗的國境到德黑蘭之間我並沒有搭乘普通的大眾公車，而是搭上了沿途攬客的嬉皮巴士。我搭乘的是從加德滿都出發開往阿姆斯特丹的巴士，雖然不是普通的大眾公車，但也不能說不算是廣義的大眾公車，所以我用「幾乎」來概括。

搭乘距離約兩萬公里，相當於地球跑了半圈——搭了那麼長遠的路也不以為意，可見得我應該很喜歡搭公車囉？

仔細想想，自己似乎也不是那麼喜歡。

從小學到國中的七、八年來，每個禮拜我都會從東京池上的老家前往位於大森的電影院——因為認識了電影院的人，所以可以免費看一次播映兩部的二輪電影——往返的交通工具正是市區公車。因此小學時的圖畫日誌，我總是畫銀色車身的公車，內容則是寫搭公車去看電影的事，但那並不表示我喜歡公車，我只是懶得尋找其他主題而已。

高中時期我也是利用公車通學，但在上大學後便幾乎沒有搭過公車了，一方面是因為時間不對，更重要的是受不了流動在公車裡面「沉悶的空氣」。

那樣的我居然會搭乘公車，還用以萬為單位的公里數去旅行，連我自己也很驚訝，但這也不表示一路上我都在忍耐著，因為搭久之後，我真的喜歡上公車了。

每一輛公車都很破舊，卻還是以驚人的高速行駛；坐在旁邊的人，除了不停請你吃東西，還會來勸菸。實際上，大概有好幾十人都拿出香菸要請我抽吧！成年男子似乎拿勸菸當成一種打招呼的方式，我雖然不抽菸，也頗後悔在這趟旅途上為何不開戒，因為我想只要伸手接過一支香菸，就能拉近彼此的距離，產生一種互通的情感；相反地，也常有人會跟我要菸，但當下因為我身上沒有，而無法滿足對方。

儘管常會遇到同車乘客太過親切的對待，但從頭到尾一直煩人的情況倒是不會有，因為如果坐在窗邊，一旦疲於跟周遭的人對應，只要將臉靠在窗玻璃上眺望外面，就能獨處。但換作是火車四人對坐的情況，就很難有自己的空間了，尤其是搭車時間一久，便不得不跟促膝而坐的對方有所交談，這點在疲累時只會徒增痛苦。

還有一點，公車之旅的好處是近在咫尺的風景——不同於車站距離市區較遠的鐵路，公車大多會穿過市中心，除了建築物和街道外，還能就近看到住在建築物裡的居民、走在街上的行人、到市場買菜的女性和在公園玩耍的小孩子們，就各種意義而言，反而更能接近風景。

搭乘公車時，乘客的行李不是堆放在車頂上，就是放進兩旁的儲藏空間裡。如果自己的行李被放在車頂上，哪怕已經用繩索緊緊纏住，總還是會擔心隨著車身晃動會不會脫落遺失；如果放進儲藏空間裡，則又會害怕萬一先下車的人拿錯了或是被壞人給偷走。

還好我的背包始終平安無事，只有一次遇難是在土耳其——從伊朗邊境搭乘的公車抵達伊斯坦堡時，從旁邊儲藏空間給拖出來的、我的背包冒出了一股惡臭。仔細檢查，原來是公車漏油沾到了背包的口袋。

之後回到日本，背包的汽油味仍繼續困擾著我。

一個人搭乘公車，眺望著窗外的風景時，各種思緒會毫無脈絡地浮現又消失，一旦陷入思緒中，窗外的風景變成了鏡子，會有一種好像在眺望自己的感覺。

不只是公車的窗戶，我們在旅途中會透過各式各樣的窗戶看到各式各樣的風景，可能是飛機的窗戶，也可能是火車的窗戶或是飯店的窗戶，無庸置疑的是窗戶另一頭一定鋪展著一片風景。可是隨著旅行的時間一久，茫然眺望的風景中，突然間會變成我們內在的風景。這時那個眺望自我的窗戶，便成了眺望自我的「旅行之窗」——一個人的旅行經常會遇到那種「旅行之窗」。

佛瑞德克．布朗[2]在推理小說《芝加哥藍調》中寫過這麼一段文字：

「我要說的就是那個，小子。當我們看著窗外，看到什麼東西時，你知道自己看見什麼了嗎？看見了自己呀。我們之所以會覺得看到事物很美、很浪漫、很有印象，完全是因為自身裡面存在有那種美麗、浪漫和感動，眼睛看到的其實是自己頭腦中想要看到的。」

一個人之旅的旅伴是自己，儘管為鋪展在周遭的風景而感動，也找不到人可訴說，那肯定是寂寞的感受，無法一吐為快的心聲會深深沉潛，變成難忘的回憶。

當然，至少晚飯時刻希望能找個人邊聊邊用餐吧，沒有旅伴的一個人之旅，就只能默默地把食物送進口中，那也是很寂寞的。可是，強烈意識著那份寂寞的一個人用餐時間，卻更能夠加深一個人時間的濃度。

這趟歐亞大陸之旅，因為經濟上不允許走進高級餐廳享用當地知名美食，我總是和當地居民一起吃當地居民吃的便宜食物，因此反而不太覺得寂寞。

只有在一個人搭乘公車茫然眺望窗外風景時，才會強烈意識到自己是一個人——因為在公車上，「旅行之窗」從頭到尾都跟著自己。

關於公車之旅，我只後悔一件事。

我通常是在白天搭公車，早晨上車，傍晚下車，基本上都是那樣周而復始。不過其中還是搭過幾次的夜車，當時是考慮到夜車的方便性，但回日本後，我就後悔了。

我從德里到倫敦之間，選擇了陸地相連的路線，其中有兩處會遇到海，因為無法選擇空路，只好跨海當作地面的延長。

所以，整個歐亞大陸的風景是連貫的，然而只有搭乘夜車的部分，就像一條線從中斷了一樣。

還不只那樣，都怪我當時沒有細想，沒想到今後那些地方可能不會再舊地重遊，而我就像那樣錯過了重要的風景。

歐亞大陸之旅以來，每次旅行我都會搭乘大眾公車，包含接下來的美國、北非、中

2 佛瑞德克・布朗（Fredric Brown, 1906-1972）美國科幻推理作家、畫家。成名作《傳說中的高級夜總會》（*The Fabulous Clipjoint*）。

國，我都是搭乘大眾公車走訪各式各樣的土地，而從此旅行絕不在夜間搭乘公車也成了我新的原則。

不知如何選擇路線只發生在德黑蘭、馬賽和馬拉加三個地方

我決定從德里出發到倫敦，此一主軸幾乎完全都沒動搖過。

只有一次，當我得知里斯本有開往橫濱的客貨船，而且艙房的價格很便宜時，曾經差點考慮不去倫敦而直接回日本，除了那個時候以外，我都認為終點是在倫敦。

只不過，我所謂的「從德里出發到倫敦」其實並沒有確定的路線，我只知道一路往西行應該就能抵達倫敦才是。所以在某些地方，也曾發生過不知道接下來該怎麼走的困擾。其中，最嚴重的地方有三處。

最初產生猶豫的地方是伊朗的德黑蘭，我不知道自己是該直接趕往土耳其其還是前進波斯灣進入阿拉伯半島。

對於阿拉伯這個地名完全陌生的我而言，有種撼動人心的力量。

一切要從少年時候看的，由大衛．連[3]所導演的《阿拉伯的勞倫斯》說起。

應該是在高一吧，印象中是在日比谷有樂座的大銀幕看的。我不認為當時的我能理解彼德・奧圖扮演的T・E・勞倫斯所遭到的屈辱和挫折，不過電影畫面以回到英國的勞倫斯死於機車車禍拉開序幕，最後又回到機車結尾的做法讓身為小孩的我十分感動，同時也還清楚記得當勞倫斯在沙漠中帶領士兵走在前頭，發號施令大喊「前進亞喀巴」時，自己也跟著心情激動不已。總之，出現在電影《阿拉伯的勞倫斯》中的沙漠很美。

事實上我在踏上歐亞大陸之旅時，早就知道《阿拉伯的勞倫斯》拍攝舞臺並非是阿拉伯半島的沙漠，因此很清楚就算到了阿拉伯半島也不可能看到那片沙漠，可是「阿拉伯」這個地名依然對我充滿吸引力，恐怕是因為大學時代幾乎像是熱病蔓延的「保羅・尼贊熱」，我多少也被傳染上了吧？

那場熱病，與其說是來自保羅・尼贊，應該說是來自那本名叫《阿登・阿拉伯半島》的書。不對，說得更嚴密一點的話，與其說是《阿登・阿拉伯半島》的內容，其實是因《阿登・阿拉伯半島》的開頭第一句而起的。

現在說的這項回憶無關緊要，那本《阿登・阿拉伯半島》，是我在大學時代透過友人

---

3 大衛・連（David Lean, 1908-1991），英國電影導演。曾以《桂河大橋》、《阿拉伯的勞倫斯》和《齊瓦哥醫生》拿下十九座奧斯卡金像獎。

的妹妹買的——她在一間大型的中盤書店上班，當我有想要買的新書時，透過她可以享有一些折扣，所以曾經便宜買到過幾本書。如今我手邊的這本《阿登．阿拉伯半島》，版權頁上還蓋有中盤書店的綠色印章。

不過我覺得以遊記來說，《阿登．阿拉伯半島》不能算是很好的作品。

「我二十歲了，我可不容任何人說那是人一生中最美的年齡。」

只因為這一行的文字，《阿登．阿拉伯半島》對某個世代而言已成為「不朽」。這一行文字就像吵架時的大聲吆喝，讓讀過的人懾於其氣勢，且就像發病似地不斷在口中複誦。不過回想《阿登．阿拉伯半島》中除了這一行還寫了那些東西時，竟只剩下茫然如大漠般的印象，實在令人愕然。

順帶一提的是，接下來的文字如下：

> 一旦走錯一步，年輕人就會被毀掉。不但會失去戀愛、思想、家人，也無法加入成人的行列。知道自己在人世間擔負什麼樣的角色，是件辛苦的事。

這本書蘊含著豐富的旅行格言，但是對阿登這個城鎮竟沒有任何實體的描述。從法國上船前往阿拉伯半島的阿登，然後又回法國，就只是描述抽象的思緒，對於讀者簡單的疑問「你去的阿登是個怎樣的城鎮」，幾乎隻字未提。儘管一路上跟許多人產生關聯，卻沒有具體寫出其中的過程——因為看不到作者具體的行動，就算有一些風景的描寫也很難讓讀者感動。

保羅．尼贊似乎在高中時曾跟J．P．沙特是同學，戰前一度加入共產黨積極從事活動，而後幾乎是在被黨背叛的形式下給完全抹煞忘記。不料，從某一時期起他又轉運再度受到評價……我認為他的人生以及死後又再度復活的命運都讓開頭的那一行文字增添了英雄史詩般的響聲。

因為保羅．尼贊是資優生，所以沒有阿爾貝．卡謬的那種官能性，因此到了阿登也無法「感應」到該城鎮所特有的官能性，我覺得這比他跟共產黨的關係更充滿了悲劇性。

總之，對於當時的我，阿拉伯半島和阿登是一組相對的地名，也成為我一直想要去走訪看看的土地之一。

由絲路往西走的我，經常一到夜裡就會攤開地圖一邊眺望，一邊思考明天要做什麼、接著要去哪裡。對那樣的我而言，阿拉伯半島距離我所走的路線就近在咫尺的事實讓我很心動。

這時我跟剛好來德黑蘭訪問的磯崎新、宮脇愛子夫婦見了面，並接受了美食的款待，而後我毅然而然決定南下從波斯灣進入阿拉伯半島。旅行途中，我遇到一名嬉皮白人，得知只要到阿巴丹，或許可以在那裡的科威特領事館申請到簽證。

可是當我實際走到設拉子確認後，卻發現簽證不是那麼容易可以申請得到，便又經由伊斯法罕回到了德黑蘭。

其次讓我心生猶豫的是在抵達法國馬賽的時候，我不知道接下來該往哪個方向走？從馬賽向北直走，可以通往巴黎。換句話說，離倫敦更近，旅行的終點也即將到來。另一方面，如果從馬賽港搭船，則可以踏上非洲大陸——比起非洲大陸，我更在乎自己可以前往阿爾及利亞。

友人植村良已曾和「東京Kid Brothers」劇團的成員們一起前往阿爾及利亞的阿爾及爾，並似乎在那裡的卡斯巴舊街區有過很大的感動。只是我想去的並非阿爾及爾，而是奧蘭，那裡是卡謬唯一長篇著作《黑死病》的舞臺。

大學四年我都在讀卡謬，甚至可說是讀卡謬的書讓我得以穿越十幾、二十幾歲的困難時期。因為我不懂法文只好依賴翻譯書，能收集多少就收集多少，並一再反覆地閱讀。結果儘管我就讀的是經濟學系，畢業論文卻獲准寫有關卡謬的主題。

卡謬的作品中，總是一而再地出現很重要的大海意象，我猜想那會不會是奧蘭的海呢？我希望有一天能親眼目睹奧蘭的海。

可是在馬賽猶豫要走哪條路線的我，最後既沒有去巴黎也沒去阿爾及利亞，而是選擇往西邁向伊比利半島的路線。

這趟歐亞大陸之旅，我是經由西南亞前往歐洲，然而當時的我茫然所認定的歐洲，其實不是英國也不是法國，不知道為什麼竟是伊比利半島。

我想跟檀一雄的存在有很大的關係吧。

當時的我完全沒有想到日後會有機會寫檀一雄的夫人四十子女士，倒是在腦海深處記住了檀一雄僅靠著些微金錢在葡萄牙的海邊城鎮過著王公貴族般的生活。我想，等我到達歐洲時，旅費應該也用得差不多了吧？到時候先去葡萄牙再說……

檀一雄在葡萄牙的生活種種，可以從《風浪之旅》一書中窺見一二。

本來漂泊的存在可說是日本的文學家傳統，但是到了明治以後，日本除了種田山頭火、尾崎放哉等少數俳人外，幾乎已不見漂泊的文學家，實際上也幾乎找不到為了寫作而漫無目的的旅行，並留下遊記的作家。戰前的金子光晴曾到過歐洲漫無目的地旅行過，然而正式和純文學產生關聯則是到了戰後的一九七〇年代以後。

少見的例外之一或許就是檀一雄吧？檀一雄可說是終其一生都在追求沒有目的、也沒有目的地之旅的文學家，旅行主題在他的代表作《律子其愛其死》、《火宅之人》之中都具有重要的意義。我想是因為檀一雄不管是小說中還是真實人生裡，都活在旅行之中。顧名思義，檀一雄的《風浪之旅》是本有關旅行的散文集，裝幀設計得很漂亮。儘管旅行在即，我還是買下來準備一讀，絕對是受到該書的裝幀設計所吸引。

檀一雄身為旅人的魅力，或者說收錄在《風浪之旅》的文章魅力，在於無限寬廣的豐富性。豐富性是來自於到許多地方遇到過各式各樣的風景和人們，比方說在中國是這樣，到了德國則是那樣，隨時可從記憶的櫃子裡抽出許多的情景和故事，而且抽取的方式是那麼自由與隨意，我想那應該也是他旅行全世界的方式才是。

悠閒漫步在世界各地的街頭時，如果沒有享用當地的食物、喝當地的飲料，旅行的意義將會相對淡薄不是嗎？

因此應該先找到滿地堆放著蔬菜、水果、新鮮海產、肉類、日用品的早市或午市（？），然後認真地逛它一逛。

於是，自然就能很清楚該地區販賣什麼樣的蔬菜、什麼樣的水果、什麼樣的海產，以及什麼動物的肉。

如果市場裡面賣有熟透的水果、久煮燉爛的動物內臟、燙過的貝類，管它好不好看，不妨立刻買來當場嘗鮮。像那種人滿為患的市場周邊，價格肯定很便宜，而且也會有提供道地食物、道地美酒的餐館，盡可能走進去大快朵頤就沒錯。

檀一雄是這麼寫的——漫步異國街頭時，首先要去逛市場、吃喝各種食物。這在現代已經是理所當然的做法，但在當時幾乎沒有人以這種方式走訪異鄉。

從歐亞大陸之旅歸來的我，拿起《風浪之旅》重讀時不禁大吃一驚，原來我的旅行方式竟和《風浪之旅》的檀一雄幾乎如出一轍。我知道透過這本書，自己似乎在下意識間已學會了檀式旅遊法。

我沒有去巴黎，也沒有跨海去阿爾及利亞，而是採取繼續「西進」的路線，是因為對讓檀一雄可以用些許金錢過著王宮貴族生活的葡萄牙，有著如同過去馬可波羅對黃金之國日本島的憧憬一樣。

接著我在從葡萄牙的薩格雷斯轉往巴黎途中，也曾經對路線產生過一次猶豫——那時是在西班牙的馬拉加考慮要不要去摩洛哥。

摩洛哥有馬拉喀什，馬拉喀什和加德滿都、臥亞、喀布爾並稱為嬉皮的「聖地」之一，我也不斷從在絲路遇到的歐美嬉皮口中聽到馬拉喀什的精彩度，讓我不禁也想要到馬拉喀什進行一場「朝聖之旅」。

然而在這裡猶豫再三後，我還是選擇了轉往巴黎的路線，因此馬拉喀什對我而言成為今後非得要去的土地之一。

冬天的歐洲凍死人了

有時候會被問到這樣的問題：到了倫敦後都做了些什麼？或是沒有去冰島嗎之類的。的確，在我之後所寫的遊記中，最後一章的尾聲是這麼寫的：

街旁有幾家旅行社。我走進販售優惠票的那一家，詢問是否有船票。女職員說當然有，「到哪裡？」

「……」

「你想去哪裡？」

哪裡好呢？我想起巴黎閣樓房間隔壁的年輕人說過冰島。去冰島可以做搬魚的工作，工作艱苦，但是工資很高。我就暫時去冰島工作一陣子吧！

「冰島呢？」

她笑著說：「當然有。」

以結論來說，我終究沒有去冰島。

從倫敦到多佛，搭乘渡輪前往荷蘭的鹿特丹，是為了要去可說是嬉皮另一個聖地的阿姆斯特丹。

而在阿姆斯特丹卻讓我著實體會到，在絲路途中遇到來自歐洲的旅客多半都會強調「歐洲冬天很冷」的這句話。跟在其他城市不同，我除了逛梵谷的美術館以外，幾乎都像「貓」一樣窩在飯店裡。

或許會那樣也是因為這種情況使然吧。

到異國旅行，有的土地會直接向你貼近，有的土地則需要自己主動靠上前。例如在印度的旅客，一到街上就會被無數的人們包圍——計程車司機、民宿掮客、小販、乞丐，還有來歷不明的人物。旅客會聽到他們七嘴八舌的聊著各種想法，你可以做好不受騙的防備，也可以抱著決定上當的心情。總之，被捲入其中才是旅行的開始。

可是換作是在歐洲，旅行的樣貌就會完全不同，除非自己主動進行，否則旅行不會有動靜，旅行不是被捲入其中，而是要自己策動、自己去開創。

例如在歐洲想要搭乘大眾公車如此單純的事情也會變得很困難——想要搭公車，卻不知道開往目的地的公車要在哪裡上；詢問路人哪裡有公車站牌時，對方肯定會建議「搭火車去吧」。如果仍堅持「就是想要搭公車去」，就會得到一個模稜兩可的答案。這種情形在義大利最常發生，要是一再追問公車站牌的位置，甚至可能會惹惱對方。

好不容易搭到的公車多半都是近距離的短程路線，正想說總算有位子可坐時，往往就已經到了終點站。較長的路線則是停靠站異常地多，算一算，半天之中就要經過一百多個站牌。

公車司機也不像絲路的長距離公車司機那麼親切，過了休息時間也不管乘客有沒有上車，啟動油門就出發。有一次我因為在銀行換錢，差點被放了鴿子。每一次發生類似的狀況，都讓我十分懷念地想起絲路的破舊公車。

走在路上也不再像絲路一樣會有人突然跟你搭訕——經常被搭訕時固然覺得很煩，然而到了只有在用餐點菜時才有機會跟人交談的歐洲，那種煩人的舉動也令人懷念。

尤其在那樣的歐洲，季節竟是冬天。

之前我在伊斯坦堡的市集買了厚重的毛衣，在雅典也因為牛仔褲穿破而添購了燈芯絨的長褲。從義大利前往伊比利半島時還好，從法國到英國時，羅馬的畫家遺孀所贈與的短外套已無法禦寒，害我不得不在倫敦的跳蚤市場買了一件英國士兵的二手藍色長外套。

至於提到旅行中的動彈不得，沒有比歐洲的星期天更叫人不知所措，簡直可說是「中邪的星期天」。

一到星期天，公家機關、銀行、商店不用說，就連超市、小型熟食店等也都休息。沒辦法只好花大錢上餐廳，否則就只能前一天買好食物，雖然得一個人吃著又冷又乾的食物，但想到能夠節省開支，還是只能忍受。

當然冬日的星期天，其「邪門」程度還不只是上述那些具體的情況，平常白天還好，街頭一入夜便不見半個人影，一個人走在又暗又冷的人行道上時，那種異國街頭的孤寂感真的會讓人很難受。

冬天的歐洲對於必須自己去開創的旅行，絕對是不適合的土地。其中，阿姆斯特丹更是冷到不行。

在那樣的寒冷中，我寫了一封信給ＴＢＳ電臺的「Puck In Music」，我想那只是為了鼓舞自己不要被寒冷給打敗吧。

小島一慶先生

語言真叫人傷腦筋，還以為到了國外船到橋頭自然直，事實上也只能勉強過關，但我還是不會說。因為一旦跟對方使用相同語言卻無法同樣傳達心意時，真是一種很絕望的感覺。

現在我人在阿姆斯特丹，飯店名為卡布爾，是一間開在運河邊、感覺很寂寞的廉價旅店。其實也有青年旅館，那裡也比較便宜些，但不知為什麼，總覺得到了阿姆斯特丹很適合住這種破舊的旅店，便一直住了下來。

我的房間裡擺了三十張床鋪，因為是淡季，只住了幾個人。很清楚記得剛踏進這個房間時，曾深深感受到「哦，這裡也是……」的衝擊——靠窗的兩張床上，儘管是大白天，已經坐著一名全身包著毛毯，茫然看著窗外風景的年輕人。船隻在運河上慢慢移動，從他的視線是靜止的看來，也許他並沒有在看著什麼。

另一人不時會發出無力的咳嗽聲。

——那就結束吧，何必硬撐呢。

他們兩人都累了，旅行已經走累了，可是還不想為旅行畫下休止符。

同樣的情景，我在印度的德里也看見過——早晨睜開眼睛時，發現睡在隔壁床的法國年輕人正在看著天花板，明明已經醒了，眼睛也睜得好大，卻不起床，而是若有似無地望著天花板。那樣子很詭異，恐怕要想真正理解那種詭異的程度有所困難，但至少當時的我的確是被嚇到了，因為他有可能是我的鏡子。就在當天晚上，我決定要離開印度，從阿姆利則再度出發。之後過了幾十天吧，我又看到同樣的情景，而且因為阿姆斯特丹的冬天又暗又冷，感覺更令人心情沉重。

於是我想，回日本吧！不管怎麼樣，回日本吧！

傍晚打算去吃飯時，問了一名室友：哪裡有便宜的餐廳呢？那名茫然望著窗外的年輕人因為他自己也要去，所以就說要帶路，加上另外一名膚色黝黑的年輕人，我們三人一起去了那間便宜的餐廳。

他們之一是來自西德鄉下的旅行者，離家已經四年了，由於曾經在美國打工過，英語說得很好。另一人來自美國德州，大概是混有黑人的血統吧，當然這一點我們沒有提及。不過德州年輕人其實是個心思細膩的好漢，目前仍在西班牙的大學留學，並暫時到歐洲各國旅遊。不久話題集中在我身上，他們問起我的行程，我提到自己是從印度一路搭乘公車前來，他們問為什麼只使用公車呢？

就是在這個時候，我感受到無法用語言表達的絕望感。

德國人說，火車比較快，也比較舒服，而且又便宜，不是嗎？德州小夥子也呼應說，對呀，為什麼呢？

「我的確是親身體驗到搭公車不輕鬆的事實。可是沒有理由說因為大家都這麼做，所以我也必須跟著這麼做吧？」接著我又說：「而且我認為這世界上有一個像那樣的笨蛋也不錯。」

簡單說來是這樣，但以我的語言能力當然不可能表現得那麼流利。

「而且，在這個世界上，我覺得有……而且也不錯，像是笨蛋，我是……」

照我這種說話方式，我實在該去新宿二丁目的同志酒吧上班了。

身為日本人的代表，我似乎已經被他們兩人給看扁了，雖然兩人都沒有表現在臉上，但已與我畫下敵對的陣線。

用完餐，大家開始各尋所好，例如德國人吸大麻菸，德州小夥子將視線移向餐廳裡的電視，我則開始寫筆記本，不料從此整個狀況有了大轉變。

看到我所寫的文字，他們開始關心起日文的事。聽到我說明漢字是表音文字的同時也是表意文字後，馬上理解的德國人又問，那我的名字可以寫成日文嗎？我立刻信口雌黃地表示，那很簡單呀！從古時候起日本人就很擅長將外國話轉換成日文。於是他將名字寫在筆記本上——

「John Richards」。

我很驚訝他明明是德國人，卻有個很英國式的名字，搞不好是擅自將Johann改成英國風味的John也說不定。

總之我心想小事一樁，直接將Richards改寫成漢字——

「利知吾頭」。

因為他問我什麼意思，我回答：「Good knowledge in my head」。

他聽了十分高興。可是我怎能讓他太高興呢！接下來是John，John的德文是Johann，所以當然要用Johann改寫——

「世反」。

他又問意義，所以我這麼回答：「Anti world」。

也就是說你頭腦中的知識在這世上一點都派不上用場。

沒想到這個自稱是John的Johann居然大喜說日本人真是太有詩意了，情勢完全翻轉，我深深地贏得了他們的尊敬。

不過老實說，還是拂不去那種無法深入交談的寂寞感。

三人回到旅店不久後，突然感覺風聲蕭瀟，這才發現窗外已經開始下雪。黑暗的街道，黑暗的夜……這種時候心頭會湧上一股熱情，想要找個人說說話，用自己的母語暢快地……

或許這是最後一封信吧？

再見

寫於荷蘭阿姆斯特丹

澤木耕太郎

寫這封信的確是為了鼓舞自己，但是在廉價旅店的床上振筆疾書時，卻又無可奈何地讓心情變得更加沉重。

一如信中所言，之後我沒有再寫信給小島先生過。不只是小島先生，我也沒有寫信給任何人，或許在寒冷的歐洲，我的心也結凍了吧。

在奧利機場，我幾乎是孤注一擲

在寒冷的阿姆斯特丹稍事停留後，我經由德國的杜賽道夫、科隆、亞琛和比利時的布魯塞爾回到巴黎。

在巴黎，我住在拉丁區最便宜的旅館，因為手邊的錢真的快用光了。

於是我開始認真去找回日本最便宜的機票。

一如當時日本還沒有專門販賣便宜機票的旅行社，我想巴黎應該也沒有，可是在巴黎的幾間日本餐廳一角會擺放專門提供給日本人看的廣告單，有時在留學生、外派人員「轉讓家具」的欄位旁邊也可以看到銷售回日本便宜機票的訊息。在去倫敦之前，我曾打電話詢問過，說是有最便宜的回日單程機票，要價一百二十美元。

回到巴黎後，我連絡過其他幾家旅行社後又打回那裡，說是一百二十美元的機票已經賣掉了，倒是還有一百二十五美元的——其中五美元的差別在於有效期限的長短：一百二十美元的機票只剩下兩個禮拜的有效期限，一百二十五美元的則還有一個月的餘裕。

我決定去走訪一趟該電話告訴我的地址，那間位於公寓地下室的辦公室設在鮮少有觀光客會到的地鐵站一帶。

一走進房間就看到書桌和電話，與其說是辦公室，更充滿了學生宿舍的氣氛。坐在裡面的年輕男子看似原本是留學生，卻在不知不覺間做起了這門生意，微妙地顯現出一種看似業餘的精明幹練。

那間地下旅行社賣的一百二十五美元最便宜機票果然是俄國的——當時的蘇聯Aeroflot航空公司機票，由巴黎經由莫斯科飛往東京。

我查看了一下機票，一年的有效期限只剩下約一個月左右，上面還寫有原購票人的姓名。大概是來法國留學而買了東京至巴黎的來回票，經過一年後無法回去的關係吧？也可能單純只是錢花光了，只好先把機票賣了再說。說起機票這種東西，即便是用正常價格買的，要想退票就只能回到原購票地點辦理。也因此，被賣掉的機票會由利用火車進入歐洲的貧窮旅行者購買。以現在來說，或許令人難以置信，但在當時航空公司還是肯讓人持那種機票搭乘。

然而對方要賣給我的機票，不僅上面寫有別人的名字，而且名字前面還有「Ms.」二字。我實在不認為使用女性的機票可以上飛機。

可是地下旅行社的年輕男子卻若無其事地打包票說「沒問題」。

當時巴黎的新機場——戴高樂機場剛蓋好，不過Aeroflot航空公司使用的是奧利機場。根據他的說法，奧利機場對於Aeroflot航空公司的班機，即使用的是別人名義的機票也會放行，而且萬一不能搭乘的話，旅行社也願意退還機票錢。我第一次打電話問到的一百二十美元機票也是寫著女性的名字，買了那張票的男性沒有回來這裡要求退費，就表示他已經成功登機了。

我考慮了好久，還是決定買下那張一百二十五美元的機票，但是為了慎重起見，還一再確認：萬一不行的話，真的會全額退還給我吧？

只不過，那張機票的問題點還不只是那些，由於Aeroflot航空公司的便宜機票超賣，班機常常客滿無法預約，就算可以預約，我也不知道該用自己的名字還是機票上的購票人名字預約，因此我決定應該利用櫃臺混亂的情況，不預約直接殺到奧利機場。

當天沒有錢的我不是利用機場巴士，而是搭乘較便宜的市公車前往奧利機場。在公車裡，我的一顆心七上八下擔心個不停，不知道使用別人名義的機票真的上得了飛機嗎？會不會在出境的海關口被要求同時出示護照和登機證呢？萬一當場被發現名字不一樣，是不是一切都完了？我甚至不知道Aeroflot航空公司肯不肯讓我登機……

一到機場先去Aeroflot航空公司的櫃檯，就被告知直接進去，所有的登機手續都在閘口受理……總之，第一道關卡通過了。我接著又心驚膽跳地在檢查護照的櫃臺前排隊，還以為沒有登機證就無法通關，沒想到奧利機場不一樣。只檢查護照，沒有問題就蓋上出境章——我的護照也被蓋了一個。看來真如那個地下業者所說的，第二道關卡也順利通過了。眼看著幾乎快要搭上飛機，我覺得很高興，都已經出境了，Aeroflot航空公司總沒有不讓我登機的理由吧。

可惜我的想法太天真，還以為沒事了，興高采烈地趕往停靠著Aeroflot班機的閘口，經過一條很長的走道抵達閘口時，方知道那裡才是Aeroflot航空公司真正的報到櫃臺，劃位作業在那裡進行，外面的櫃檯根本毫無意義。

外面櫃臺說應該還有座位，可是站在報到櫃臺前的大姐們卻很無情地宣布：今天真的客滿，首先沒有預約的客人絕對不可能搭得上，而且就算有人取消，在你之前有很多候補的客人，大概也輪不到你吧……我緊咬著不放說：管妳說什麼不可能搭得上還是輪不到候補機位，我都已經蓋好出境章，已經沒有退路了，看妳要怎麼辦！她只冷冷回答一句不怎麼辦呀，讓我好生失望。不過因為對方還有說：雖然可能性幾乎是零，但也許會有空位出來，你可以等看看，所以我半死心地坐在櫃臺旁的椅子等待。坐在椅子上時，腦海中還不時閃過「唉，我會不會就這樣回不去日本呢？會不會客死在巴黎成為可憐的荒塚呢……」等愚蠢的念頭。

有預約的旅客一個接著一個拿到登機證坐上飛機，這時我在心中不斷祈禱：有預約的傢伙不要再來了，能少一個是一個，這樣我能上飛機的機率就會增高。當我心中不斷念著「不要來、不要來」，並茫然地望著走道時，卻看見兩名很像是日本人的年輕女子走來。儘管我在內心猛喊「不要過來、不要過來」，她們還是逐漸往這裡走近……我不經意地瞄了一下她們的臉，其中一名少女的長相令人驚豔。

——簡直就像是日本人偶一樣……

這時我才覺得自己彷彿已經有很久沒有看到過日本女孩了。當然，那是不可能的，畢竟在巴黎街頭應該也有很多機會可以看到日本女孩，只是當時就是有種好久都沒有看到的感覺。

女孩身穿黃色的外套，胸前沾了一片手掌大小的泥漬，不知道為什麼，黃色外套上的泥漬就是很鮮明地映入我的眼簾。

突然間，那個女孩毫無來由地令人好生憐愛，我猜想她一定是從鄉下來到都市，在美容院或什麼地方工作，存了好幾年的薪水，買了便宜的 Aeroflot 機票，才好不容易終於來到嚮往已久的巴黎……

女孩後面站著另一名年齡相仿的少女，她的皮膚白皙，臉蛋一樣很漂亮。在她們背後則有一名中年男子，男子正走向報到櫃臺要跟剛才的地勤大姐們交涉，可是好像語言不通，有點扯不清的樣子。說不定他是美容院員工的老闆，不會說英文吧？想到周遭沒有人幫他翻譯，應該很困擾才是。我立刻站起來問地勤大姐是怎麼回事，地勤大姐說：這些人沒有預約，只能請他們候補，可是他好像聽不懂。於是我很雞婆地走向離我有幾步路遠的他們，說明在班機起飛之前只能等待候補的現況。男子還在爭說他們明明有預約，隔天起要工作，這樣會很困擾的云云。因為不關我的事，我又回到椅子上繼續發呆，發呆之際仍不時偷瞄女孩子們，心想日本的女孩看起來就是那麼乾淨漂亮。

這之間旅客仍陸續登機，我只能在一旁不安地觀望著。雖然擔心不知道會有什麼樣的結局，但是另一方面也很無聊地想說：如果我搭不上，那麼女孩子們也搭不上這班飛機，能夠跟她們一起滯留在巴黎倒也不錯。

即將到了起飛時間，Aeroflot 航空的地勤大姐們開始一個接著一個喊出有候補到位的旅客姓名。我只覺得那聲音聽起來越來越縹緲遙遠，看著櫃臺裡的大姐們彷彿在討論「還有一個位置、還可以上一名旅客」似地不斷唱名，我心想完了，登機門就要關了！看來很危險時，終於我的名字被叫到了——正確地說，是寫在機票上的名字被叫到了。我到櫃臺前報到，地勤大姊無視於機票上的名字，用我的名字印出了登機證給我。我很興奮地走向登機口時，那三個日本人也跟在我後面一起走，卻被地勤大姐們擋了下來。我本來已經從登機門一腳跨進了機艙裡，卻看到他們三人一副不知所措的樣子又折了回去，問地勤大姐是怎麼回事，地勤大姐聳聳肩說：最後一個位置給了這人，你們今天已經無法上飛機了。於是我將這段話轉告他們三人，並說，很遺憾你們今天已經搭不上飛機，只能等下一次的班機。

三人很認真地聽我轉述，聽完之後露出很失望的表情。我心想「唉，真是可憐，大概明後天美容院就要開始營業了吧」，同時打聲招呼說「那我告辭了」便轉向登機口，正要走進機艙時突然恍然大悟。

咦！該不會……那個女孩是……

我停下腳步，回過頭，再一次看向那個穿著黃色外套的女孩，果然沒錯，她是歌手藤圭子。

總之，我搭上了那班飛機，機艙完全客滿沒有任何空位，連上個廁所都很麻煩。不過餐飲仍提供廉價的魚子醬，我一邊喝著同樣也很廉價的紅酒，心裡很納悶剛才為什麼到最後才認出是藤圭子呢？大概是因為本人太清新秀麗的關係吧？我其實很喜歡她的歌，只因為一年沒有看電視就認不出來，似乎也太不可思議了。

飛越俄國的雪原時，每當腦海中浮現她那黃色外套上的泥漬，我就由衷感覺到，啊！我終於要回去日本了。

第四章 旅行的去向

回到日本，總有種陰暗、安靜又孤寂的感覺

從莫斯科飛往東京，降落在羽田機場——由於當時成田機場還沒有蓋好，既然出發時是羽田機場，抵達當然也是羽田機場。

羽田機場對我而言是很熟悉的場所，因為我從小在東京池上長大，行駛在家附近馬路上就有「開往羽田機場」的市公車。

不只是那樣，我家後面是「八幡神社」的高臺，坐在那裡的大松樹下，可以清楚看見東京灣的羽田海面和機場裡起降的班機。小時候，起降的班機次數還不是那麼多，感覺從看到一架飛機身影到下一架飛機身影需要經過很長的時間，不記得兒時的我在眺望羽田機場起降的班機時，是否也曾幻想有朝一日自己將搭飛機去遠方呢？至少我從來都沒想過自己會去國外。

從莫斯科飛抵羽田機場的時間應該不是夜晚，卻不知為什麼只留下陰暗的印象，儘管燈光很亮，但不管是證照檢查還是行李旋轉臺等區域，感覺都很安靜和孤寂。

首先我很清晰記得，行李旋轉臺上始終看不到我的背包被運送出來，而且到了最後仍

不見蹤影。經過調查後得知，確定從巴黎有送到莫斯科，但因在莫斯科轉機時，行李超重不得不拿掉一些，於是我的背包就被「扣留」了。這種事抱怨也沒用，我立刻放棄爭吵。不對，應該說聽完航空公司保證明後天的班機肯定會運回，屆時將直接送到我的住處後，我反而樂得兩手空空回家。

我還很清楚記得從羽田回到池上父母家的沿途風景，雖然口袋裡只剩下一點錢，但我因為距離不遠而選擇了搭計程車回家，或許也因為那天是星期日的關係吧？只不過，馬路上沒什麼車輛行駛，街道顯得空蕩蕩地很安靜，讓我有種奇妙的感受，彷彿自己回到無人的土地似的。

三天後，我的背包送回來了，我才知道當初不該慶幸被「扣留」——因為放在裡面的香腸被海關給沒收了。

我在巴黎的期間，為了節省日漸匱乏的旅費，經常會買一大塊中心柔軟的香腸，用來夾麵包或配牛奶當正餐吃。吃久了之後竟喜歡起那種香腸，想說帶回日本吃而買了三條。我並不知道香腸是海關管制進口的項目之一，必須先經過檢疫櫃檯的確認後才能放行，由於背包是以托運行李的方式寄回，遭到海關的嚴密檢查，以致於香腸被搜了出來。

出去旅行之前的我，多少也會擔心寫作的工作機會會因此流失，還好從旅行歸來，幾乎是立刻開始工作。不可思議的是，這一年到隔年對我而言竟成了最多產的年度，或許旅行期間寫作的熱情水位升高，回來之後立即文思泉湧的解釋也可以成立，但感覺其實是在二十二歲那年自然而然水到渠成。至少，我並不是煞有介事地下定決心才開始努力寫作，等我意識到時，工作已經回到正軌。

話又說回來，回顧返日之後那一年的工作情況，不禁也對自己的精力充沛感到訝異。

〈三名三壘手〉	調查情報	一九七五年五月號
〈西西弗斯的四十天〉	文藝春秋	一九七五年六月號
〈鼠群的祭典〉	調查情報	一九七五年九月號
〈寵兒〉	GORO	一九七五年十二月十一日號
〈推開那扇木門〉	GORO	一九七六年三月十一日・二十五日號
〈再見寶石〉	ALL讀物	一九七六年三月號
〈長跑者的遺書〉	展望	一九七六年四月號
〈醉鬼〉	ALL讀物	一九七六年五月號
〈不敬列傳〉	潮	一九七六年六月號
〈老婆婆死了〉	文藝春秋	一九七六年六月號

〈納粹．奧運〉　文藝春秋　一九七六年八月號

以上清單不僅是之後沒多久出版的《不敗的人們》和《人的沙漠》兩書的核心作品，其中也包含了長篇著作《奧林匹亞在納粹的森林裡》的原案。

回國後我的第一個工作是〈三名三壘手〉。

說起我少年時期的英雄，當然還是長嶋茂雄。只因為是東京土生土長的關係，不管怎麼說當然會成為巨人隊的球迷。我不記得自己有特別喜歡過川上哲治，但對以菜鳥之姿一登場就以背號四號為目標，並對其造成威脅的長嶋茂雄很感冒。沒想到，在不知不覺間，自己竟也成了長嶋的球迷，當他晚年，背號四號同樣遭到王貞治的威脅時，就跟當年的川上一樣，我也覺得王貞治有些可恨。

隨著年歲增長，我已經無法像過去帶著那種熱情觀賞巨人隊的比賽了。

長嶋的最後一季球賽是在一九七四年，但因為還在旅行途中，我完全沒有去看那一季球賽的長嶋。我是在回日本後才看到他令人動容的告別球壇影像，當時我並沒有什麼特別的感觸，而是因後來經常在電視畫面上看到長嶋成為巨人隊教練的身影，才起了想要寫他的念頭。我想要寫寫看長嶋茂雄，可是應該無法採訪到他本人吧，那要怎麼寫才好呢？

當時我所想到的是用「不寫而寫」的方法描寫長嶋茂雄，也就是說，我在想能否透過描寫因長嶋茂雄的存在而無法成為三壘手的兩名選手，從結果勾勒出長嶋的形象。因此，我去見了難波昭二郎，並追蹤土屋正孝的下落。

另外幾乎同一時期取材並完成的作品是〈西西弗斯的四十天〉。內容是寫美濃部亮吉和石原慎太郎之間爭奪東京都知事的選戰。雖然月號比〈三名三壘手〉晚，但其實較早上市的是這篇〈西西弗斯的四十天〉。那是因為《調查情報》有違日本出版社的慣例，其月號和實際發行月份是一致的。也就是說，刊登〈西西弗斯的四十天〉的文藝春秋是五月十日發行，而刊登〈三名三壘手〉的調查情報則是到了五月二十日才擺進書店銷售。

就這個意義來說，〈西西弗斯的四十天〉是我知會友人們我已歸國的第一篇作品。

忙於那些工作的過程中，讓我決定寫跟過去不一樣東西的是〈長跑者的遺書〉。

我其實很早以前就打算寫在東京奧運奪得馬拉松銅牌的円谷幸吉，〈年輕的實力者們〉結束共十二回的連載時，刊登該系列文章的《月刊經濟》總編輯高守益次郎先生曾提出邀約，問我稍事休息後可否考慮寫新的連載？

於是我殫精竭慮，想出了幾個新的系列，其中之一正是〈夭折者列傳〉，內容是描寫在二戰後夭折的十二名年輕人。過去媒體界報導的夭折者僅限於文學家、左翼的學生運動家和時代象徵的犯罪者之流；我的〈夭折者列傳〉則包含有右翼和運動家等，自殺的円谷幸吉也在名單之中。

遺憾的是，〈夭折者列傳〉因為我的出國旅行而無法實現，使得名單上的人物在我回日本後變成單獨的作品問世：包含後來以〈拳擊健身房〉之題所寫的大場政夫，以及我第一個長篇作品《恐怖行動的決算》所寫的山口矢二，本來也都可能是〈夭折者列傳〉裡的人物。

還有一件工作雖然不在前面列出的、一九七五年到一九七六年的作品清單中，但對我而言同樣具有重要的意義。

我一回國後，立刻接到不知從哪裡得知消息的雜誌編輯來電，對方大概記得我有經濟學系的背景，問我願不願意就春鬥罷工分別採訪明顯對立的勞動者、經營者和學者專家的意見。過去雖然沒有接過在雜誌上的單純採訪工作，但因為剛回日本的我反正閒著也是閒著，沒有多想便答應了。

當時採訪的對象之一是下村治，他的口齒伶俐、態度高傲，給人「無法接近」的感覺，卻是我人生頭一次碰到的成熟「大人」。

因為那次的衝擊，我開始慢慢閱讀下村治的著作，終於結合了他所關心的「所得倍增」一詞，讓有關池田勇人、田村敏雄和下村治三人故事的〈危機的宰相〉得以開花結果。

這篇〈危機的宰相〉是開創我邁向撰寫長篇《恐怖行動的決算》、《一瞬之夏》等作品的契機，但追究起根源竟是旅行回來的空檔時間答應了原本不可能接的工作。

或許，這也算是旅行的不可思議之一。

旅行中有所得也有所失

旅行回來後，最常聽到友人詢問的是，覺得哪個國家、哪個城市最好呢？一開始我還很認真地思考，但越思考就越搞不清楚，後來才發現其實根本不需要正經八百回應這種問題，原來那不過只是對長期到過國外的人，一種基於禮貌用來代替問候、打招呼的提問而已。明白這一點後，我開始根據當時的心情隨意回答，因此答案可能是香港、加爾各答或是伊斯坦堡。

然而在進行那樣的對話時，有時腦海中會突然掠過已不記得名字的小鎮再平凡不過的日常風景。那是晨靄中，在垃圾堆裡覓食的野狗；或是傍晚時分，從破牆前奔馳而過的孩子們；或是下雨天，幽微反射出街燈的石板街道……

明明待在那些地方的時間還沒有久到產生好惡之情，不可思議的是已在心中留下鮮明的印象。

我猜想原因之一應該跟我沒有搭火車而是實行公車之旅有很大的關係吧！搭上穿梭在街道行駛的公車，經常在公車上茫然眺望車窗外風景的我，內心中是否在無意識間對沒有停留過，甚至也沒下車過的風景作了素描呢？於是在偶然的機緣下，那些風景的片段就像被風掀開的畫冊一樣，在身體的深處又再度甦醒過來。

只是當初那趟旅行已逐漸遠去的寂寥感也會油然生起。

在那樣的日子中，我在ＴＢＳ電臺深夜節目「Puck In Music」輪到小島先生單獨主持的日子裡，大約擔任來賓談論旅行的話題有一個月之久。

歸國之後一和小島先生連絡，他就說謝謝我從途旅寫來有趣的信，讓他可以在節目上誦讀，問我是否要取回保存在他那裡的那封信。

於是我到ＴＢＳ的播音員室拜訪小島先生，他請我到位於地下室的「撒克遜」一邊吃咖哩飯，一邊聽我聊旅行的種種。沒想到一直聽我說話的小島先生突然間開口拜託我，沒有辦法給你酬勞，但如果可以的話，能否上節目聊這些呢？

我很高興地應允，而有了跟小島先生對談旅行見聞的機會。小島先生覺得我的旅行故事很有趣，一而再地邀請我下周繼續，結果一連聊了五個禮拜。

因為那樣，我才開始覺得那趟旅行不只是對我，可能對別人而言也是有趣的。因為除了小島先生很感興趣外，我還收到來自電臺聽眾善意的回響。

對於當時我至今仍留下深刻印象的是，節目結束後回家路上的風景——固然一如小島先生說過的沒有酬勞，但是卻有支付計程車券，所以我都是搭乘深夜計程車回家。那個時候看著半夜三點依然霓虹燈閃爍不停的明亮街頭，總是深深感悟自己又回到了日本的都會之中。

或許別人對那趟旅行也會覺得有趣的發現讓我稍微有了些信心。

旅行前的我曾這麼想過：或許身為一個採訪者、一個聽人們說話的角色，我擁有不錯的素質。不對，我其實很擅長聽人們說話，但是我卻沒有東西可以主動告訴別人，是否有一天我能擁有別人有興趣聽的「說話題材」呢……

從旅行歸來後，可以確定的是我有了一個說話題材，我有了一個說出來多少能讓別人感興趣的題材，而且那麼做可以讓我在跟人們對應時，表現得更自由自在。

例如第一次跟井上陽水見面時，我就很強烈地感受到這點。

回到日本的我，除了不斷寫短篇的報導文字外，也接了每個禮拜上一次的廣播節目，那是ＮＨＫ電臺的節目，讓我到有興趣的人物那裡進行採訪。原本它只是ＮＨＫ電臺深夜節目「青春回聲」中的一個小單元，時間是短短的十五分鐘，後來卻這成了我在FM東京負責的「Outdoor studio」節目之原型

其中，有一次採訪的對象是當時已採取不上電視露面策略的井上陽水。

兩人碰面後不知過了多久，身為採訪者的我提起了在旅途中的一項體驗——在阿富汗的沙漠上，公車行駛途中經常會遇到羊群，這時從羊群裡會衝出來一個黑影，那是牧羊犬。牠將公車視為羊群的敵人，所以衝了出來。但在聽到牧羊人的口哨後，在撲向敵人公車之前便會轉身離去。

聽到我這麼說，井上陽水做出跟之前完全不同的反應。他想了一下這麼說：「可是在日本的話，那樣根本寫不成歌。」

當時我心頭一震，心想，他真的有把我的話給聽進去！

我和井上陽水有過許多曲折才建立類似朋友的關係，至少站在我的立場，要不是有當時他的這個反應，我應該不會對他心生親切感吧。

我從這趟旅行獲得的並非只有「說話題材」。

由於選擇陸路從亞洲邁向歐洲，所以能親身體驗到地球之大，或者也可以這麼說，我學會了從一個城市到另一個城市要走多遠的距離感。雖然我只是從香港到倫敦而已，但如果問已然在體內生成的距離器，即便是其他地區，我還是可以推算出從地圖上的一點到另

一點需要花多少的時間。

或者說我從旅行得到的最大收穫，應該是走到哪裡都能存活的自信吧！不管到什麼地方、處於什麼樣的狀況下，自己都能好好活下去的自信。

同時，我也失去了重要的東西——那種自己走到哪裡都能存活的想法，會轉變成自己不管身處在哪裡，都會產生「這裡該不會只是寄身之所」的疑惑。

回日本後我暫時住在池上父母的家，但很快就搬到經堂自己一個人生活。有很長一段時間，夜裡從房間窗口眺望外面的黑暗時，會突然不知道自己身在何處，明明那是自己的房間、自己的家，可是比起在旅途中住宿的飯店竟更缺乏真實感。

我失去的還有其他東西，具體來說，還是更重要的東西。

從旅行歸來，我到一年未去的《調查情報》編輯部露面，在那塊寫著編輯部人員行動的黑板上，我的欄位只貼了一張從旅途寄回來的明信片，上面還寫著「行蹤不明」。

從那天起我又開始跟以前一樣過著往返住處和《調查情報》編輯部的日子，但我立刻就明白已經無法完全跟以前一模一樣了。今井先生和太田先生依然在編輯部，宮川先生重回電臺，周遭調查部人員的臉孔也改變了。不對，最重要的是我自身也起了變化，只是我還沒有發覺而已。

回來那年的一九七五年，我在《調查情報》寫了〈三名三壘手〉和〈鼠群的祭典〉兩篇稿子。

沒想到因為不再接到對方的邀稿，那也是在《調查情報》的最後作品，我雖然很在意這件事，但因為忙著《文藝春秋》、《ALL讀物》的工作而無暇細問。

是因為後來有一天難得有空跟太田先生見面小酌，我開口說，只要一句話，我隨時都能幫忙寫稿。這句話確實包含了我對《調查情報》和太田先生的感謝之意，但或許也不能說沒有自傲的心情，哪怕只是一丁點，自己現在身為文字工作者，可說是十分充實的時期，用我寫稿對雜誌而言應該不算是壞事吧……

這時太田先生斷然拒絕說：「我們雜誌已經沒有可以讓你寫的空間了。」

那句話像是給了我一巴掌似地衝擊很大，也讓我對自己的傲慢感到丟臉。

接著太田先生語氣更冷淡地說了一句話，話中表明了他真正的意思。太田先生對我說，你已經從《調查情報》畢業了。《調查情報》編輯部的人們已經察覺身為菜鳥的我已做好了離巢的準備，之所以不再派工作給我，是擔心那樣做會把我綁在《調查情報》的狹小世界裡嗎？我不知道《調查情報》編輯部是從什麼時候起決定將我推出溫暖的窠巢，搞不好在我決定走出日本時，他們就已經認為離巢的時刻到了。

那天晚上在道別時，太田先生安慰我說：「沒事的，你不要在意。」

不久後今井先生也離開編輯部，太田先生仍長期擔任《調查情報》的編輯工作，只是他一次都沒有再跟我邀稿過。太田先生教會我感覺有趣的技術，也教會我簡潔有力的寫作方式，還默默地示範了身為報導工作者的處身之道。不對，其實沒有必要限定是媒體記者吧，他讓我學會了什麼是人生中該放手就放手的瀟灑。

在兩本雜誌所寫的兩個短篇產生了兩種文體

隨著時間的經過，旅行也變得越來越遙遠，但我心中始終有著想要寫出來的念頭。旅行期間對於這趟旅行在什麼時候、將以什麼方式呈現等，我曾經有過類似的預感，旅行途中在記帳本封面標上「搭乘公車橫跨歐亞大陸」的標題，多少也是來自那樣的念頭吧！不只是標題，我甚至還在內頁的空白處寫出類似目次的東西。

在最後一本筆記本的最後一頁，我字跡凌亂地寫出如下內容：

1 發端　　日本
2 六十分錢的豪華航海　　香港
3 地獄中的恍惚　　澳門

20 穿越冰洞

荷蘭・德國

雖然結構幾乎跟現在的《深夜特急》很接近，但也不是說寫就能馬上寫得出來。回國之後，我斷斷續續寫過幾篇有關旅行經驗的短篇散文，但總覺得要寫長篇，自己還缺少了些什麼。

當時的目標是想連結幾個片段，慢慢串成如一條項鍊般的作品，或許那也算是一種自覺。

我想，大概是因為腦海中始終有著伊利亞斯・卡內提（Elias Canetti）《聆聽馬拉喀什》的存在吧。

卡內提的《聆聽馬拉喀什》，是在印度菩提迦耶認識的此經啟助先生介紹給我的書。此經先生為了到大學教日本語而前來菩提迦耶，卻一直沒有機會踏上教壇，在「整天無所事事閒得發慌時」遇到了我。我沒聽說過卡內提這個作家，也不知道《聆聽馬拉喀什》這本作品，但在聽了此經先生的介紹後很感興趣。

身為猶太人的卡內提造訪摩洛哥的馬拉喀什，並深入了猶太區，沒有發生任何具體的事，他只是想描寫這個城市，而且是透過聲音來描寫。卡內提雖然是猶太人，卻完全聽不懂當地人的猶太語，但就算是聽不懂也無所謂，他決定不透過語言而是透過聲音去理解，並以這個「理解」的過程為動機，開始寫一連串的短文。

聽這段介紹時，我大概是將他的故事跟還來不及學會當地語言就得移動的我重疊在一起了吧。

我立刻寫信給在日本的友人，請他將那本書寄到喀布爾的日本大使館。現在怎麼樣我不知道，但在當年是可以將信件或書籍寄到大使館轉交的。

在喀布爾拿到手的《聆聽馬拉喀什》之中，有一篇以想像一個男人忘記曾經學過的世界各種語言，以致到任何國家都完全聽不懂人們說話內容為開頭的文章。尤其接下來的一句「語言之中藏有什麼？語言是否想要遮掩什麼？語言是否想從我們身上奪走什麼呢？」更讓我心情激動不已。

我待在摩洛哥的幾個禮拜裡，完全沒有想要學習阿拉伯語或柏柏爾語，那是因為不想減輕這些不熟悉的各種叫聲的動人力量。我想順應聲音自身所求，以掌握住該聲音，不想因為不充分、不自然的知識而稍有減弱。有關這個國家的書籍，我一本也沒有讀，對我而言，這個國家的風俗習慣就跟這個國家的人們一樣，我都不太習慣。日常生活中超越所有國家、所有國民，以某種方式降臨在我們身上的種種瑣事，在我抵達馬拉喀什的幾個小時裡就已煙消雲散。

讀完這本書之後，我才開始在記錄旅途的筆記本空白處，一連寫下好幾個類似短篇標題的文字。

連結幾個簡潔的短篇，慢慢串連成一條項鍊般的長篇——我最初夢想的遊記就是那個樣子，只是我還不具備寫得出來的文體。

在那過程中，集英社的《月刊 花花公子》創刊了，該編輯部立刻跟我聯絡，前來找我的人是同一世代的田中照雄先生。他並沒有帶來具體的工作邀約，而是基於長期性的展望，希望我將來有機會幫他們寫文章。

後來我們中午到蕎麥麵店喝酒聊天時，得知他大學主修地理，對異國抱有強烈的興趣，於是我提起了歐亞大陸之旅的種種。田中先生的反應很熱烈，尤其對香港的那一段特別感興趣。等到桌上擺了好幾個酒瓶後，他問我可不可以馬上寫出來。

我在一九七六的秋天寫好給他，並刊登在十二月上市的二月號。

我所下的標題是〈飛光啊！飛光啊！〉，封面上並印有「香港流離徬徨記」的副標題。副標題是田中先生下的，雖然跟我的標題一樣語意不清，但後來發展成「深夜特急」書名的幼苗已蘊藏於其中。只是說流離二字未免太誇張，畢竟我只是在香港街頭趴趴走而已。

當時很少看到寫香港街頭漫遊的文章，我猜想或許是年輕人以香港為紀行對象的首例也未可知。

有好幾個編輯覺得那篇文章很有意思，可是我不知道接下來該怎麼處理會比較好——繼續寫下去，我擔心會變得前後不搭調。的確那趟旅行很快樂也很好玩，但並不只是那樣，也有心情晦暗、沉重的時候，我不覺得自己有能力把那些東西都寫出來。

倒是因為這個機會我和《月刊　花花公子》開始深交。對我而言，《月刊　花花公子》是我第一本自己想要寫寫看的雜誌，之後他們也給了我許多跟重要作品有關的實驗性工作。

過了不久，小學館新創刊的《探求》雜誌編輯，也是同一世代的小川隼一先生來找我，他說想要推出絲路特集，問我有沒有興趣寫二、三十張稿紙的文章。

要用三十張稿紙寫完整個絲路之旅是不可能的事，若是提出片段般的文字怕又不符合編輯意圖，問題是我能不能寫出短篇而非片段，又能暗示出整體的文章呢？

左思右想之際，冒出了一個點子。

我在從希臘開往義大利的渡輪上寫過一封信，其中有回顧絲路之旅的部分，我不妨重新整理一下那封信，看看效果如何？

於是我引用了在渡輪寫的那封信，刪掉不要的部分，補強不足之處，完成了書信體的

〈絹與酒〉。

從這兩個短篇，我幾乎找到了《深夜特急》的兩種文體，不過要邁向實際執筆階段，則還需要另一項的「衝擊」。

冬天在戲院微微顫抖地觀賞那部電影

旅行回來後的第三年，我看了一部電影。如果沒有看的話，我或許就不會寫《深夜特急》也說不定，至少不會以《深夜特急》的標題寫遊記。

電影是「午夜快車（Midnight Express）」，根據真實故事改編的美國片。

故事舞臺在土耳其，男主角比利是個年輕人，從美國的大學休學後，來到中東旅遊。比利在伊斯坦堡買了兩公斤的大麻，打算帶回美國，他天真地打著如意算盤——除了自己想吸外，剩下的賣給朋友至少可賺回這趟旅行一半以上的旅費。他將毒品藏進鞋子裡、塞在衣服下面，瞞過海關的眼睛，成功搭上了泛亞航空的班機飛往美國，接下來只等起飛了。

不料這時，因為接到匿名電話通報飛機上被裝置了炸彈，武裝士兵衝了上來，開始檢查乘客的身體。

電影為了製造戲劇性，而讓比利在一腳踏上登機梯時，瞬間遭到士兵們的包圍，在探照燈的照射下，高舉著槍口指向他。雖然那是個假消息，然而被捲入事端的比利在之後的身體檢查中，讓偷帶大麻走私的形跡當場敗露。

總之，電影的好戲這才要上場。

被逮捕的比利接受調查，幾度被送上法庭，結果刑期不斷增加，最後被判無期徒刑。整部電影幾乎都將重點放在他被關進土耳其監獄後的悲慘日子——暴力、同性戀、背叛……

結果包含假裝成精神病患轉住精神病院的期間，他在監獄共待了四年。儘管身心俱疲，他仍嘗試逃獄多次，最後終於成功逃往鄰國希臘。

以土耳其人的立場來看，再怎麼說也不可能有那麼可怕的監獄、那麼草率行事的律師等想要辯駁之處，電影未免把土耳其人描寫得太過無知、太過虐待狂了，可是在比利眼中，就是存在著那樣的事實。

我是在寒冷的十二月天觀賞這部電影。之前就很想去看，卻始終找不到機會，直到最後上映的那天才衝進戲院。我去的是銀座有樂町車站前，一家位在柏青哥店二樓的小型戲院。

觀眾只有四、五人，照理說有開暖氣，戲院裡應該不會冷，但我卻因為害怕的緣故，竟渾身微微顫抖地看著那部電影。降臨在比利身上只能說是災厄的苦難，伴隨著肉體的痛楚壓迫著我的身體。

看完電影後，我很難得想要買本電影簡介手冊看看。

翻閱至今仍留在手邊的那本簡介手冊確認工作人員名單時，得知這部電影是由日後美國電影業界成為「社會寫實電影」重要推手的三名巨匠所拍攝的。製作人是「殺戮戰場」、「教會」的大衛・普特南，導演是「鳥人」、「烈血大風暴」的艾倫・帕克，劇本則是「前進高棉」、「七月四日誕生」的奧利佛・史東。

回家路上我甚至還繞去書店買了原著小說，只為了要確認一件事——我在想電影中用來交易大麻的那家店，是否就是伊斯坦堡的「Pudding Shop」（布丁餐廳）。

像我們這種長期旅行者一到伊斯坦堡肯定會去「Pudding Shop」之類的便宜餐館，與其說在那裡可以吃到西洋風的餐飲，應該說在那裡可以得到旅行需要的資訊和大麻。

在故事的開端部分，警方對被逮捕的比利說只要供出幾個毒販就願意幫他。於是比利帶著刑警一同來到嬉皮聚集的地方，然後假裝指出毒販，趁刑警們不注意逃跑。雖然馬上就被抓到，但是那個嬉皮聚集的店家跟我所熟悉的「Pudding Shop」實在很像。由於這部電影完全得不到土耳其的協助，當然也不可能到伊斯坦堡出外景，所以絕對不可能是那間

「Pudding Shop」，只是氣氛十分相似。不對，應該不只是相似而已，既然這是根據真人真事拍攝的電影，因此當然就非得是「Pudding Shop」不行。

根據簡介手冊上面提供的資訊，原著小說是由比利・海斯（Billy Hayes）和威廉・霍弗爾（William Hoffer）合著。比利・海斯是男主角的名字，所以應該是由名為威廉・霍弗爾的作家聽完故事後整理成書的吧。

我從戲院回家的路上，繞到數寄屋橋的書店，為了確定那家店是否為「Pudding Shop」而買了原作，然後一搭上銀座線的地下鐵就立刻讀了起來。

我拚命地祈禱「上帝呀，求求祢。讓檢查到此結束，拜託不要讓那個男人再繼續檢查我的身體了。」

檢查人員又慢慢地動起了手，由雙腳內側往腹部移動，來到肚臍一帶。手指碰到了硬塊，我的身體差點縮了一下，可是他還沒有發現。

手指繼續移動，看來已經無法制止了。在他找到用膠帶固定在手臂內側的小包前，我只能絕望地僵直站著。

瞬間，彼此的視線對上了。

檢查人員突然往後一跳，掏出了上衣內側裡的手槍，他一腳跪著，用槍口對著我的肚子。他的手在發抖，周圍響起了乘客們的尖叫和騷動擾嚷的聲音。我高舉雙手，用力閉上眼睛，大氣也不敢呼一下。

如死亡般的沉默籠罩著整個阿塔地爾克國際機場，有五秒鐘，不對，搞不好是十秒鐘，而我覺得是永遠。

就這樣，被逮捕的男主角比利在原著中也帶著刑警前往大麻的交易地點。

於是那天傍晚，我在四名刑警的陪同下走向Pudding Shop。四名刑警盡可能表現得很低調，可是我們這群人一出現，一百公尺遠的嬉皮們便立刻從馬路上銷聲匿跡。到達Pudding Shop時，裡面沒有半個客人。我坐進了桌子裡，因為一早起來就沒進食，突然感覺很餓，便鼓起勇氣，無視於刑警們的怒氣，點了炒蛋和紅茶。我一口又一口地細細品味，刑警們終於失去耐心，露出本性，把我從桌子裡拖出來押上車送回警局。

實際上比利並沒有像電影一樣企圖逃跑，但那家店的確是「Pudding Shop」沒錯。其實就算那家店真的是「Pudding Shop」也沒什麼，我只是因為這一點得知比利·海

斯的命運也有可能變成是我自己的命運，使得電影的可怕性頓時又加深了一層。我是這麼想的——

徘徊在異國的我，對於那種置身異國的根源性恐懼絲毫沒有自覺地到處遊走。其實所謂的異國，本來就應該是自己國家的法律、道理、常識等完全行不通、也不合理的世界。不只是土耳其，對旅人而言，所有的異國都存有不合理，而我卻忘了這麼重要的基本概念。

比利被逮捕是在一九七〇年，逃獄是在一九七五年，在他最後的監獄歲月，我正好就在那間「Pudding Shop」過著跟他類似的日子。當時搞不好我也很有可能一步走錯攜帶大麻，遭到警方的檢查與逮捕。

電影中用「搭乘午夜快車」作為逃獄的密語，另一方面，在原著中則是比利和家人通信時提到逃獄計畫的暗號。這個「搭乘午夜快車」的說法也讓我印象深刻，於是我想，在那趟旅行我也搭上了我的「午夜快車」。

一年之旅花一年書寫的想法吸引了我

有一天產經新聞文化部記者篠原寬先生前來找我。我和篠原先生並非完全不認識，之前散文集《路上的視野》甫一上市就接受對方的採訪，並刊登在〈這些時日〉的專欄上。

當時他說「將來若有機會請你寫連載，可以考慮看看嗎」，我因為覺得跟產經新聞沒什麼緣分，就不太積極地回答「再說吧」。

沒想到篠原先生很認真地看待那個不算「約定」的約定，這次見面提出了要不要在晚報小說專欄寫連載的邀約。

可是我該寫什麼才好呢？當時我完全沒有寫小說的念頭，一時之間想不出適合該專欄的題材。

這時篠原先生說：「何不寫有關那趟旅行的見聞呢？」

篠原先生會這麼說是有理由的。我在接受〈這些時日〉專欄的採訪時，曾舉出今後的兩項預定工作：一是完成〈危機的宰相〉，另外一項篠原先生是這麼寫出我所說的話——

> 我想把六、七年前從印度到倫敦搭公車完成長達一年的「浪跡天涯之旅」給整理出來。

可是經過一年之後，卻還沒看到我有「整理」的跡象，他便問起了該遊記。

「我的確是有意思寫出來，但要放在報上連載很難吧。」

聽到我不假思索的回應，篠原先生說：「我覺得應該沒問題。」

篠原先生應該也沒有百分之百的確定吧，但我卻因為他的這句話而當場愣住。

搞不好旅行的故事很適合報紙連載也很難說，過去我在朝日新聞連載《一瞬之夏》時，也是寫到一半才覺得題材很適合報紙。報紙一天的分量，短短只有三張稿紙，如果描寫人物的觀點或時態的變化，會讓讀者看得很辛苦，但《一瞬之夏》是從今年夏天描寫到來年夏天的一整年故事，而且是以第一人稱的「我」進行敘述。

仔細想想，這趟旅行也是從春天到隔年春天的一年故事，主角只有「我」一個人，尤其理想的是，不只是時間，在空間上它也是從一個地點走向另一個地點的單向式故事，也許真的能跟《一瞬之夏》一樣，成為適合報紙連載的非小說作品……

連載期間說是一年，以一年的時間書寫為期一年的旅行，我覺得聽起來很棒。

——那就試試看吧。

為了寫出那趟旅行，也許在經過過去多次的錯誤嘗試後，時機終於逐漸成熟了也說不定，我決定從一九八四年的六月開始連載關於那趟旅行的遊記。

為了報紙的連載，我必須先一點一滴進行整理才行。

首先的問題是如何下標題？

我在旅途中在如同記帳簿的本子上寫著對那趟旅行的暱稱，大概是因為我早就有意書寫這趟旅行吧？隨著名稱不同也能反映出我對這趟旅行的定位起了什麼樣的轉變。

絲路筆記
搭公車走歐亞大陸
騎馱馬走歐亞大陸
騎馱馬
搭乘公車橫跨歐亞大陸
歐亞大陸的盡頭之旅
飛光啊！飛光啊！

關於標題為何，最後留下的候補名字是「飛光啊！飛光啊！」。然而我心中對幾年前看過的電影「午夜快車（Midnight Express）」卻留下了強烈的記憶。雖然不能將標題定為「Midnight Express」，但改成翻譯過的日文說法應該可以吧。「Midnight Express」直接翻譯成日文是「深夜急行」，不過「深夜特急」聽起來比較有分量。儘管不是快車，卻是一趟感覺像是搭平快車的旅行。我就像跟土耳其的受刑犯一樣，肯定也試圖搭上我自己的「午夜快車」……

因此我將連載的標題定為「深夜特急」。

接下來的問題是，找誰來畫插圖？

因為幾乎沒有留下任何資料，而且跟小說不一樣，沒有太多上場人物，也沒有明顯的動作，《一瞬之夏》時也讓幫忙畫插圖的小島武先生吃足了苦頭，這一次的難度或許更高。

這時我的腦海中浮現了在小說雜誌等刊物，以歷史小說、中國故事等題材畫版畫的原田維夫先生。

我跟原田先生有過幾面之緣。

過去在《月刊經濟》連載〈年輕的實力者們〉時，負責美編就是年輕時的原田先生。由於第一次連載的版面太過平實，我剛好遇到在編輯部進行作業的原田先生，兩人討論之餘，最後作出比方說使用照片時將其中一張放大啦、整頁的文字不要分成四段而是三段等決定，結果第二次的連載果然變成賞心悅目的專欄。每次我拿該專欄給想要採訪的對象後，大多數的人都爽快應允的理由之一，我想應該跟美編的功力有關吧。大概那也是引起文藝春秋新井先生注意的重要原因才是。

我一直都很想報答當年的「恩情」，雖然也擔心請原田先生幫忙畫插圖，會不會反而造成對方的困擾，但我還是十分希望能夠一起合作。在提出邀約後，原田先生很高興地答應了。

最後的問題是文章的形式。

具體來說，第一人稱的「我」是要用日文口語常用的「僕」字，還是正式一點的「私」字？要寫成經過一段時日的回顧，還是呈現依然置身旅途當中的氛圍？以及從哪裡開始到哪裡結束等問題。只要確定這三點，我就能下筆了。

結果決定的方向如下：

第一人稱的我採用「私」而不是「僕」，如此一來可以冷卻跟旅行畫上等號的年輕熱度。不過，也不採取現在回顧過去的方式，而是讓主角的「私」活在旅行中，這樣才能維持正在旅行的臨場感。在路線方面，已不是最初決定的從德里到倫敦，而是改為從香港到倫敦。

另外，書寫時最重要的方針是徹底堅持非小說性的原則——可以省略，畢竟要全部寫出來是不可能的，但是絕對不作變形的小說情節。

否則的話，我的旅行中經常會發生不可思議的新鮮事，萬一有一個地方是捏造的，恐怕會有影響其他部分真實性的危險性，這是我極力想迴避的。

就這樣，我寫出了《深夜特急》的第一章〈晨曦〉。

我的三大利器

話又說回來，我怎麼有辦法寫出十年以前的舊事呢？

那是因為我擁有可稱為「三大利器」的法寶：一個是類似記帳簿的筆記本；一個是作為備忘、記在其背面的隻字片語；還有一個是主要寫在航空郵簡上的書信，數量很龐大。參考這三樣東西就能詳實呈現當時的種種。

可是具體而言，我要如何使用那些東西呢？

關於這一點，或許用我過去對小學生說明非小說寫作方法時所舉的例子，會比較容易了解吧？

我這趟旅行中總是不斷從一個城市移動到另一個城市，當我一抵達新的城市時，就會購買一張約日幣二十元或三十元的航空郵簡，用很小的字體寫密密麻麻的信。因為所有空白處都被填滿了，因此換算成四百字稿紙的話，字數少說也有七、八張的分量，而我一共寫了上百封以上。

如今要寫成遊記時，那些書信的存在就變得很重要，如果手邊沒有那些書信，或許我就不會想要寫遊記了——因為一個為了些許的金錢得失被搞得團團轉、一下笑一下氣的貧窮旅行者滑稽相，以及一個年輕人漫無目的浪跡異國的狂熱和頹廢到了極點的危險樣貌，都在其中被清楚地定了型。

其實我並不知道沒有這些書信是否就真的寫不出來，這些書信主要是寄給四個朋友，他們也都幾乎都有保留下來。唯一只有從加爾各答起的一連串信件不小心被丟失了——那段充滿興奮的加爾各答經驗，我寫了好幾封信描寫的加爾各答篇章不見了。我的確受到很大的衝擊，可是一旦開始執筆，一個接著一個值得書寫的情景便在腦海中復甦。

或許應該說還好是加爾各答，因為加爾各答是僅次於香港讓我興奮連連的地方，所以體內還留有強烈的記憶。換作是其他地方，我大概就束手無策了吧。

不過如果只是依賴那些書信，恐怕也無法變成現在的《深夜特急》。信文記錄了貧窮旅行者的喜怒哀樂，卻將行程、費用支出等明細給省略了，而當我要還原成遊記時，那些細節反而變得很重要。留有那些細節的是累積了好幾本的記帳簿——由於做的是一場極其貧窮的旅行，因此是隨著行程詳實記帳，而且會因為今天花錢過度而意志消沉，今天過得很節儉而沾沾自喜。總之，就像小時候寫的零用錢收支簿一樣，可以確認自己還剩下多少錢，並預估還能繼續多久的旅行。

寫遊記時最能派上用場的是，筆記本上有關今天吃了什麼、喝了什麼的紀錄，因為不但可以知道每一項的消費金額，每一筆的紀錄也有助於回想起當天的行動。

例如八月九日的那一頁是這麼記錄的：

10：00 抵達帕雷薩火葬場站
10：15 離開帕雷薩火葬場站
汽船 1.0
茶 0.3
11：10 抵達馬罕朵拉火葬場站
11：35 抵達帕特那車站
茶 0.3
1：00 離開帕特那車站
茶 0.25
快車 9.5
6：00 抵達貝拿勒斯車站
人力車 1.5

7：30 抵達廉價旅館

鮮蝦咖哩 3.5

白飯 1.5

稅金 0.5

芒果 2.0（公斤）

每行文字前的數字顯然是時間，之後的數字單位則是印度貨幣盧比，當時的匯率是日幣三十五元左右。茶是奶茶，人力車是類似用腳踏車拉的三輪車。也就是說，一杯奶茶約日幣十元，取代計程車的三輪車車資約日幣五十元。由此看來，那天中午只有喝紅茶，到了晚上才吃咖哩果腹。而且在回旅館路上買了一公斤的芒果，我還回想起因為芒果熟透了，讓我有些困擾。

這些內容都是記錄在筆記本攤開後的左邊頁面，右邊頁面則是寫著類似備忘的隻字片語。

亞倫

汽船微風

一行法國人「馬賽進行曲」
貝拿勒斯的熱氣
尼南釀的好心

光是這樣應該讓人丈二金剛摸不著頭腦吧。

例如「亞倫」。

前一天的八月八日從尼泊爾加德滿都出發的我，轉乘了夜車穿過邊界來到印度，於十點抵達帕特那車站對岸的帕雷薩火葬場站，要從那裡經由帕特那前往貝拿勒斯[1]，必須搭乘汽船渡過恆河才行。我跟在等夜車時認識的一名英國年輕人一起搭乘汽船，而亞倫就是那個即將前往紐西蘭的年輕人名字。

筆記本上對於搭乘汽船的短暫航程只寫下「10：15　離開帕雷薩火葬場站　汽船1.0　茶0.3　11：35　抵達馬罕朵拉火葬場站」，但是在寄給友人信中是這麼寫的：

搭乘汽船渡過恆河，坐在甲板上吹風時，有種「終於脫離險境」的感覺，我想說

1 貝拿勒斯（Benares），以往英屬時期對瓦拉納西的英語表記。

些什麼，卻不知道該如何用言語表達。這時亞倫突然冒出一句：

「Breeze is nice（這微風真好）。」

我心想好厲害呀！雖然很理所當然，但他的英文說得真好。

將這封信和筆記本加以對照時，當時在船上的情景便清楚浮現眼前——在夜車上簡直像殺人般擁擠的疲倦感，和在甲板上舒展四肢躺平的解放感；悠然入口的奶茶，那種甜美的滋味和價格；微風吹過恆河的舒暢感和亞倫說話的聲音……所有的一切都化成一幅圖案浮現在我的眼前。

於是我在《深夜特急》裡是這麼描述的：

我享受著盡情伸展四肢的幸福同時，坐在甲板上喝茶，吹著河風，感覺從加德滿都以來連續三十個小時的急行軍已經成了愉快往事。真是舒暢無比。我想表達這種心情，卻怎麼也想不出適當的言語。

這時，茫然凝望天空的亞倫冒出一句，「Breeze is nice.」

我覺得真好！他是英國人，英文用得好沒什麼奇怪，但為什麼只是單純排列單字的這句話聽起來很美？Breeze is nice，微風真好……

就這樣《深夜特急》一點一滴成型了。

一封表示自己也想這樣旅行的老婦人來信鼓勵了我

因為我寫《深夜特急》，實際上真有其人大受影響。

一個是小學館編輯的白井勝也。由於白井先生的專業是在漫畫方面，所以我們沒有合作過，但是偶爾一起吃飯的關係倒是持續很久，白井先生常會帶他愛讀的漫畫書給我，並告訴我漫畫界的狀況。

其中讓我印象深刻的是，他曾經說過「漫畫世界將從動作派（action）走向反應派（reaction）」這句話。

這句話預告了漫畫作品將從主角在追求運動顛峰的過程中捲入愛情、暴力等事件的情節，轉變為透過微妙的感情糾葛、事件來描寫人物的作品。

過去的漫畫可以梶原一騎為代表，主角以動作派為主流，不管是拳擊漫畫、棒球漫畫，甚至連戀愛漫畫都是「動作派」。但現在已進入「反應派」的時代，重點不再是主角做了什麼「動作」，而是做出了什麼樣的「反應」。

白井先生說完上面這段話後又補充說：自己接下來要創刊的雜誌《Spirits》搞不好會

讓「動作派走向反應派」的趨勢加速進行。

在我書寫《深夜特急》的過程中，曾不斷想起白井先生說的話。所謂重點不在於動作而在於反應的說法，是否也能套用在遊記上呢？就算再怎麼新奇的旅行，如果一心只依賴那種新奇度，寫出來的遊記也不會太有趣。但即便是再怎麼小的旅行，如果仔細寫出旅行者如何看待跟造訪土地、居民之間的關係、產生什麼樣的反應等，就會讓人樂在其中。我想，遊記最需要的應該就是生動活潑的反應吧。

而且我也有了這樣的想法——「移動」對描述旅行的遊記而言應該是必要的條件，但因為「移動」而具有價值的旅行並不多見，重要的是隨著「移動」而被捲起的「風」。說得更正確點，就是邊感受著那股「風」，邊描寫出自己臉頰上的涼爽或是溫暖的感覺。面對因為「移動」而展開的風景，或在某種狀況下，旅行者會做出什麼樣的反應？將會決定遊記的質感。

說不定就跟以私家偵探為主角的硬派推理小說結構十分相似——硬派推理小說中的私家偵探，私底下正是城市旅人的行家，他們為解決事件開始行動，但實際上展現出來的卻是隨著行動中遭遇的狀況和人物所產生的反應。不管是菲利浦・馬羅（Philip Marlowe）[2]還是劉亞契（Lew Archer）[3]，他們能否解決事件並非本質的問題；讓讀者覺得精彩的是他們在「旅行」城市的過程中，遭遇「風」時是如何反應的。

在書寫過程中我不斷提醒自己必須注意與重視反應，在書寫過程中也有人給了我具體的影響——

那個人就是色川武大。

自從跟色川先生在銀座邊區的一家小酒館認識以來，在許多機緣下我們聊過各種話題，雖然我們僅專就賭博長談過一次，但其他時候他總是可以透過文學、表演藝術等話題衍生到賭博的哲學。

認識色川先生以來，才讓《深夜特急》之旅中的澳門經驗逐漸產生了重大意義——本來從香港到澳門，就只是很自然地對一種比大小的擲骰子遊戲熱中了起來，眼看著一大筆錢就這樣被吃掉而已，可是透過色川先生的眼睛回顧那三天的賭博過程，才發現其中充滿了各種有趣的要素。

例如，擲骰子沒有必勝法的觀念。當然，以機率論來說，不可能會有必勝法，不管是

---

2 菲利浦・馬羅（Philip Marlowe），美國冷硬派推理作家雷蒙・錢德勒（Raymond Chandler, 1888-1959）創作的偵探角色。

3 劉亞契（Lew Archer），美國冷硬派推理作家羅斯・麥唐諾（Ross MacDonald, 1915-1983）筆下最著名的私家偵探角色。

奇數還是偶數，如果無限次拋骰子的話，產生的機率是各半。就算短期間內能用超過一半以上的機率猜中，長期來看最後還是會落在百分之五十的機率。就賭博而言，莊家賺的只是抽頭錢，所以才會說是沒有必勝法。

然而明知沒有必勝法卻拚命想要找出必勝法也是賭博吸引人的地方。賭客覬覦必勝法，莊家豈有不覬覦的道理呢！當莊家或荷官（發牌員）想要賺取抽頭錢以外的利潤時，就必須要有多餘的動作，事實上那個時候也正是賭客的可乘之機……

聽色川先生說話、看他的文章後，就像被打上不同的燈光一樣，我才開始對在澳門體驗過的比大小擲骰子遊戲有了不同的看法。荷官和賭客、荷官和我、賭客和我，彼此間的你來我往都產生了新的意義。

如果沒有認識色川先生的話，恐怕澳門的篇章會大幅縮小才是。

或許距離旅行一段長時間後，好處會多過缺點也未可知，因為重新審視自己的旅行，可以有更深入的觀看角度，時間在自己的旅行中變得比較相對，也能對主角的「私」保持一定的距離。

大概那就是所謂時間的效用吧？

不過開始在報上連載時，一開始我多少還是會有「這種東西有讀者要看嗎」的空虛感。

因為這樣的內容連做為旅行導遊書都派不上用場，更何況是十年前的旅行故事。究竟讀者會因為關心什麼，才有可能讀我的文章呢？大概只有產經新聞的編輯篠原先生和我的家人會看吧……

尤其在寫到澳門的篇章時，那種空虛感特別強烈。因為書寫的時候，我很絕望地認為有誰要看這種比大小的擲骰子遊戲呢？結果後來遇到很多人表示《深夜特急》整體中澳門的篇章最讓他們印象深刻時，倒是讓我十分驚訝。

連載開始後，大約經過了兩個月吧，透過篠原先生我開始陸續收到讀者的來函。例如有一位年過七十的老婦人寫來一封長信表示：如果自己還年輕，而且讀到您所寫的《深夜特急》，應該也會開始相同的旅行吧，今後也期待拜讀日後的篇章。原來如此，原來也有這樣的高齡人士讀得津津有味呀！那些來信鼓勵了書寫時完全不知道讀者會有什麼樣反應的我。

用一年的時間描述一年之旅。

原本如此預定而開始的工作，結果花的時間比想像要長。原因在於我的寫法——報紙連載不會等人，因此跟《一瞬之夏》一樣，在連載前必須先寫好一定的分量，然後將一天的長度改寫成三張稿紙。可是經過一段時日後，原定的連載次數根本寫不完整個旅程。就某種意義來說，那也是必然的結局，因為當我改寫時，為了寫得更正確、更詳細，長度自然會增加。所以連載即將接近一年時，我的旅程還沒到達伊朗，而且我也不知道要到什麼時候才能抵達倫敦。

有一天負責編輯的篠原先生面有難色地開口了。

老實說，接下來的連載已經預訂好由池波正太郎[4]先生接棒。因為池波先生的寫稿計畫排得很滿，如果還要繼續等的話，他說他願意退出。所以真的很不好意思，是不是差不多可以結束了？

站在報社的立場，比起我的連載，當然要以池波正太郎先生為重，於是我請求報社再多等兩個月，讓我利用這段期間好好收拾善後。

看來是無法抵達倫敦了。既然如此，那就暫時先寫到伊朗的伊斯法罕好了。問題是只寫到那裡似乎又顯得太唐突，因此最後利用以前所寫過的〈絹與酒〉描寫從希臘前往義大利的航程，並呈現出即將結束的氣氛。

就這樣，長達十五個月的連載終於畫下句點。

決定作品意象的是卡山德拉的「北方急行」

由於在報上連載的稿子分量可作成兩本三百頁的書，因此我決定還沒寫完的部分另外出書，暫時先出版這兩本。

負責出版的是新潮社，責任編輯初見國興先生以前在新潮社也幫我出過《人的沙漠》和《一瞬之夏》。

初見先生在出書前就跟我說過一句話，他說「封面就採用這個」。

當時給我看的是法國平面設計師卡山德拉（Adolphe Mouron Cassandre, 1901-1968）的海報。日後我才知道那幅名為「北方急行」的海報是卡山德拉的最高傑作，但當時我是第一次看到。不對，應該說我根本連卡山德拉的存在都不太清楚。

不過，我第一眼就喜歡上那作品，答應幫我裝幀的平野甲賀先生也覺得不錯。

不料到了即將發行的某一天，我走進書店時大吃一驚，居然有一本書的封面已經搶先使用了那張海報。

---

4 池波正太郎，代表日本戰後的歷史小說作家之一，同時也以美食、電影等評論家而知名。

我很失望地告知初見先生「那張海報不能用了」，接著又找平野先生商量該如何處理。

誰知道平野一看到那本書就很雲淡風輕地說：「這沒有任何問題呀！我們還是按照原定計畫用卡山德拉。」

語氣中似乎充滿了身為書籍美編的壓倒性自信，實際上我看到完成的設計後，才知道平野先生所言不假，真的，沒有任何的「問題」。

先行使用「北方急行」的書本只是很普通地將海報作成封面，而平野先生則是採取完全不一樣的大膽作法——卡山德拉的海報他只用了半幅。不對，他用了整幅，但因為圖案從封面折口就開始了，所以看起來封面只用了半幅。至於封面的另一半則是由上而下排列出「深夜特急」四個字，結果呈現出新穎與美感兼具的爆炸性設計。

日後某位書籍美編曾提起本書的卡山德拉用法，表示這種大膽和嶄新的程度是自己絕對想不出來的。的確也是如此，《深夜特急》之所以能夠贏得讀者們善意接受的主要原因肯定在於封面設計的精彩，這也是初見先生身為編輯的勝利。

預定出版全三冊的本作品，到底每一本各自該用什麼樣的稱呼呢？是要用上、中、下？還是第一集、第二集、第三集呢？其實關於這一點，我倒是毫不困擾，因為我早已決定用第一班車、第二班車、第三班車的說法。

一般對於火車的行駛，會用到「班」一詞，這本書的名字是《深夜特急》，一如在深夜行駛的火車一樣，用第一班車、第二班車、第三班車來稱呼每一本從自己手中離開走向社會的書，感覺起來也不錯。

初見先生希望我在每一集的最後加上一篇類似結語的文章，可是在我連第三集都還沒有寫出來的階段就要寫結語實在很困難。聽到我「不好意思，恕難照辦」的拒絕後，初見先生又說，那麼在封面折口加上類似「來自作者的訊息」，怎麼樣呢？就跟結語一樣，我覺得即便是寫簡短的訊息，自己也有困難。這時初見先生提議，那乾脆我來採訪，你只要說話就好。文字我來彙整。在我勉為其難答應的情況下，最後在封面折口出現了由我口述、初見先生整理成文字的「筆者談」。

例如第二班車的封面折口上刊登了以下的「筆者談」：

旅行最不可思議的就是，有充足的經費當然好，但只能看到有錢旅行的面貌。事實上，越是沒有錢，另一面反而會看得更多。我想，如果可以的話，不妨趁著年輕，多多體驗貧窮旅行會比較好。至少，當我在進行「深夜特急」之旅的期間，身上沒帶什麼錢，因此在行經的土地上和當地人民交流時，更能感受到人們的熱情，這就是我走下去的動力。就那樣來看，收穫確實相當多。

以上所說的的確沒錯。

之後《深夜特急》榮獲了出版旅行雜誌《旅》的JTB所主辦的「紀行文學大獎」。曾表示「儘管是幾乎只靠公車代步的極度貧窮旅行，卻像是所費不貲，給人某種豐富感受」的評審之一阿川弘之先生，在頒獎典禮上的第一次見面時，這麼跟我說：「貧窮之旅固然不錯，下次不妨考慮來個奢侈至極的旅行吧！」

說得也是，我覺得這個想法很有意思——阿川先生所謂的「奢侈之旅」，不是指精神層面，而是大量揮霍金錢的豪華之旅，像是搭乘遊輪的環遊世界之旅或是乘坐頭等艙到高級飯店長期居住的旅行等。然而作為要寫成遊記的旅行，那種旅行應該有些困難吧？對於無法好好品味那種奢侈的人來說，簡直就像是「對牛彈琴」一樣。

還有一點，花錢通常等於讓旅行變得更加順暢，每個人都希望旅行越舒適越好，但是順暢之餘還要讓旅行變得更有深度，就不是那麼容易了。至少以《深夜特急》的情況來說，常常是因為沒有錢造成摩擦，反而讓我和人們產生關連，結果讓旅行走得更加深入。

出書之際，最後的問題是照片要如何處理？還好拜相機沒有變賣掉之賜，我手邊才能留下一定程度的影像，其中也不乏回憶深刻的照片。

但最後我還是決定不放。也許用照片更能展現旅行過的土地風景，或是清楚說明相關人們的樣貌。然而，我只想用自己的文章來一拚勝負，希望只用文章就能表現出當地的空氣感。

初見先生當下便認同我的想法，答應不放照片，但同時也強烈主張應該放張簡單的地圖。即便是簡單的地圖，我原本也打算不放，結果還是放棄己見。不過事到如今偶爾也會覺得，或許有張地圖還是必要的也說不定。

總之，《深夜特急》的第一班車、第二班車就這樣問世了。

年輕人說：拜託別在奇怪的時間點出書

當初預定第三班車也會緊接著出書。

第一班車和第二班車接受採訪時，我都回答第三班車約半年後會出書，沒想到竟成了天大的謊言，實際出書要到六年以後。

已經有了完整的構想，幾乎已決定要寫些什麼內容，但就是寫不出來。

寫不出來的理由很多。

其中之一是，一旦少了連載的壓力，整個人就放鬆了。

另一個理由是，翻譯攝影家羅伯・卡帕（Robert Capa, 1913-1954）的傳記、編輯可說是進藤紘一先生的遺稿集《目擊者》等，用掉了比我想像更多的時間。

然而最大的理由是，第三班車所要寫的旅程正好是最難寫的一段。旅程由西南亞進入歐洲。

到土耳其為止，旅行是自己撲上前來的，然而從希臘起，只要自己沒有動作，旅行是不會主動發生的。甚至連旅行本身也起了變化。

如果說第一班車描寫的是新鮮稚嫩的青年期之旅，第二班車或許可說是成熟的壯年期之旅，因此書寫土耳其以後的第三班車，必然就是邁向終點的老年期之旅。該讓旅行如何繼續下去呢？換句話說，該如何結束旅行必然成為重要的主題，而要寫出來則需要相當的技術才行。

更何況還有高田宏先生在報上對第一班車和第二班車的評論意見：

> 隨著旅行者增加、旅行的日常化，也出現了更深入旅行中的人們：《深夜特急》的澤木耕太郎持續了由東向西橫跨歐亞大陸的貧窮之旅，其中有的不是觀看外界的眼光或是文明批評家的眼光，而是窺探自我內在的眼光，無法從自己的內心深處避開的眼光。旅行正是讓自己張大眼睛去觀看的手段。《深夜特急》恐怕是繼《什麼都要看看》之後，此類作品的最大成。儘管兩者經常被相提並論，小田實的旅行和澤木耕太

郎的旅行，外觀上也頗多相似，但很明顯地性質截然不同。

請容我反覆再說，在四分之一世紀之間，旅行已逐漸深度化，而且兩個年輕人生存的時代也起了變化，加上兩名作者的姿質互異——《什麼都要看看》雖可讀到優質的文明批評，但能否稱為文學作品卻有待商榷；而《深夜特急》是在旅行中沉潛到內心深處進行自我摸索，這是一部文學作品。

高田先生接下來是這麼寫的：

另外，這個作品預定是全三集，其中兩本日前已然上市，但我認為從東京出發的作者，花了將近一年遊走至伊斯法罕的第二集，其實已經算是完結篇，看來真實生活的旅行是以倫敦為終點，但也沒有非得把全程寫出來的必要。

我自己也不是沒有相同的看法。

可是我有非寫不可的義務——說來很愚蠢，居然在第一班車和第二班車的目次上已經印出了第三班車的章節。如果我不寫，豈不是讓第一班車和第二班車說了大謊，我覺得那一點都不漂亮。

根據友人的說法，他曾在大型書店的收銀櫃檯旁邊看到貼有「《深夜特急》已不出書」的紙張。如果他說的是真的，就表示由於我在許多地方不斷說了「明年春天上市」、「今年秋天鐵定出」等謊言，讓書店方面早已經受不了客人老是跑來問「已經出書了嗎」的問題。

遲遲無法執筆一拖再拖之際，又遇到新潮社發行的《Mother Nature's》雜誌要我寫些東西。說來有點應急的感覺，我把已經寫好的土耳其篇章重新整理後給交了差，結果不可思議的是，竟讓一度停滯不前的我又開始振筆疾書。

終於到了一九九二年夏天，我可以寫出如下的「後記」：

後記

我在想，真的好長啊！

當然，我說的是從香港到倫敦的路程很漫長。但感覺更漫長的是，寫這一段輕狂人生之旅時，從「第一班車」的第一行到這本「第三班車」的後記所花的時間。真的好長啊！

關於這本《深夜特急》之旅，在我結束旅程回到日本後便努力化為文字。歷經多次嘗試，總是片斷而終。多虧產經新聞文化部的篠原寬先生，給我將它們一鼓作氣完整發表的機會。「第一班車」和「第二班車」在產經新聞晚報的小說欄連載一年三個月。

因為預定的連載期間結束時我還沒到達倫敦，只好在寫到伊朗時暫時擱筆，剩餘部分預定一次寫完。「第一班車」和「第二班車」同時出版時，我還相信「第三班車」很快就會問市。但這「很快」實在漫長，整整等了六年。

理由有好幾個，但寫完之後都已無所謂。只是覺得這本「第三班車」確實需要這六年。

似乎人都需要一定程度的時間，才能從深深慢入體內的經驗束縛中獲得解放。在「深夜特急」之旅後我又旅行多次，但多多少少都受到「深夜特急」之旅的影響。亦即，沒有「深夜特急」那種徹底性的旅行總讓我感到有所不足。直到最近，我才能作一趟和「深夜特急」之旅完全不同的異類旅行。這本「第三班車」出版，讓我變得更自由了。

旅行的「深夜特急」沒有同伴，但書籍的《深夜特急》卻一直有同行者。新潮社的初見國與先生對我的「第三班車」一再誤點，從無怨言，只是耐心等待。因此書籍的《深夜特急》能夠抵達倫敦，也多虧了初見先生的忍耐與友情。

如果有人看過這本書後想要旅行，我想送他兩句朋友的叮嚀：

不要害怕！

但要小心。

一九九二年九月十九日

澤木耕太郎

第三班車發行的時間表已定，這項消息已通知許多地方的某一天。

我受邀到一場小型聚會演講，在會後的懇談會上，一名年輕人朝我的位置走來。

「第三班車要出書了嗎？」

懷抱著他可能會說「我等了好久」的甜美期待，我回答：「沒錯，真是拖了好久。」

不料他給我的回應讓我難以想像。

「拜託別在奇怪的時間點出書。」

年輕人說，讀了《深夜特急》第一班車和第二班車後，突然很想旅行，便飛離了日本，結果花了兩年的時間浪跡天涯，結束旅行後回到日本進入公司上班已工作了兩年。今年終於嘗到有年終獎金可領的喜悅，偏偏在這個時候……偏偏在這奇妙的時間點出了第三班車，但願好不容易穩定下來的心情不要又被打亂……

「固然出書的人有其理由，但也請考慮到讀者的狀況。」他嘴角帶著笑這麼說。

就某種意義而言，那或許算是說反話的讚詞吧，聽在我耳中卻像是好幾分之一的真實心聲。的確，讀者們應該也各自有各自的狀況吧。

因為我的出書，還有書總算能出版，讓我終於能夠安心，不再因有事情掛在心頭而感覺神情氣爽，但是第三班車的出版到此還沒有完全結束。

後來我根據檀一雄妻子——四十子女士的口述，描寫這一對不可思議夫婦的生活，寫完那本名為《檀》的作品。再經過一段時間，我去見四十子女士時，她對我說，把一切說給你聽並讀過你所寫的文章後，過去確實存在於我內心深處的檀一雄消失了。

我十分能理解她的心情，因為寫完《深夜特急》第三班車時的我也是一樣。在寫第三班車之前，那趟旅行一直都活在我的心中，甚至可說是生龍活虎、蠢蠢欲動，然而就在我寫了出來、變成一部作品後，那些生動的感覺消失了，而且漸行漸遠。

大概隨著《深夜特急》的新生命誕生，就在那個時候，那趟旅行已邁向死亡了吧。

第五章 旅行的記憶

這部《深夜特急》的作品，很幸運地擁有許多年輕讀者。有一次我和在出版社服務的年輕女性見面時，她半開玩笑地跟我說：「澤木先生好過分，我男朋友讀了那本書後就出去旅行了！」

實際上，讀了《深夜特急》後，不知道為什麼就是很想旅行的困擾，我不知道聽過多少次。

因為我完全沒有預期會有那種反應，每次被當面這麼說時，我只能傻笑以對。

經過一陣子後，這次出現了一個宣稱「我二十六歲，決定辭去工作走出日本」的年輕人，因為《深夜特急》的主角出去旅行就是在二十六歲那年。

在我二十多歲的時候，頗受到插畫家黑田征太郎先生的影響，黑田先生常說：「男人在二十六歲之前最好要出國一下。」其理由居然只不過是因為他在二十六歲那年去了一趟美國而已。不料受到黑田先生影響的我，也在二十六歲那年橫跨了歐亞大陸。似乎因為這樣，讀過《深夜特急》的人到了二十六歲就會莫名地焦躁不安，自忖「我是不是該走出日本了」。看來，我似乎讓許多人誤入歧途了。不過我心中多少還是覺得去比不去好、出去看看比待在家裡好，所以就算被追究責任感到困擾，我想應該還不至於到「誤入歧途」那麼糟吧？

為什麼是二十六歲？不對，應該是說對於前往異國旅行，為什麼要那麼拘泥於出發的年齡呢？關於這點，我想舉一個「吃」的例子跟大家一起思考。

由於二十歲出頭的我覺得任何食物都很好吃，所以從來沒有想要品嘗「美食」的願望。然而，覺得任何食物都很好吃和想要品嘗美食是完全不同的兩碼事。

當時在我磨練寫作功力的ＴＢＳ《調查情報》裡，由於編輯部的所有成員都很喜歡吃，大家一找到機會就小酌和餐聚，再加上辦公室的地點在赤坂，周圍有很多有名的日本料理餐廳和「老饕才知道」的餐廳，經常被帶去那些店用餐的我，或許也意識到自己比以前更懂得吃。只不過即便在那個時期，我也不是在品嘗美食，頂多只是因為有人請客而吃得很高興而已。

所以在進行《深夜特急》之旅時，完全沒有吃遍世界美食的想法——首先以填飽肚子為要，而且最重要的是盡量以最便宜的方法填飽肚子。如此一來，自然而然就得吃當地人吃的食物，為了克服這個問題，或許需要一種對食物的寬容性。而我別的沒有，最多的就是這種寬容性，任何肉類、魚鮮、蔬菜我都能吃。任何做菜方式、不管使用什麼香料、辣或不辣、有無特殊味道，我都無所謂。長達一年的旅行中，我完全都沒有因為不敢吃什麼而受困的經驗。

中國菜、泰國菜、馬來西亞菜、印度菜、以羊肉為主的絲路菜、土耳其菜、希臘菜……每一樣我都吃得津津有味。之後跨海進入義大利後，更是從頭到尾感動不已。因為在義大利，不管走進多麼破舊的餐廳，其中義大利麵絕對是好吃到沒話說，而且越是簡單、只淋上番茄醬的義大利麵就越好吃。日後回到日本的我經常會跟朋友們這麼說：「大阪麵店所賣的烏龍麵和義大利的餐廳所賣的義大利麵，絕對不會有難吃的。」

遺憾的是，近年來義大利也出現了類似速食店的義大利麵店，所以麵條也不會有中間微硬的口感，換句話說，我的「當地義大利麵絕對好吃論」出現了與事實不符的現象。不過我可以斬釘截鐵地說，一九七〇年代中期的義大利，任何一家餐廳都絕對不會做出難吃的義大利麵。

義大利再過去，西班牙的食物很美味，葡萄牙的海產也很可口。在法國，不只是餐廳，就連在市場買的東西都很好吃。為了省錢，只吃鮮奶、法國麵包和果醬的早餐也不錯，一打生蠔加上一瓶便宜白酒的晚餐就足以讓我有置身在高級餐廳裡用餐感受。至於英國菜，我雖然沒有特別的感動，但也不覺得難吃。

我在法國的餐廳——話雖這麼說，其實主要都是位於拉丁區的餐廳——印象最深刻的一道菜是鴨肉料理。由於抵達巴黎是在冬天，也是提供野生鳥獸菜色的季節。當然我是吃不起高級的野味大餐，倒是吃過幾次的鴨肉。日本常吃的鴨肉鍋因加了蘿蔔泥所以口味清爽，巴黎的餐廳則是送上還在滴血的烤鴨，我雖是第一次品嘗，但也覺得很好吃。

也就是說，在《深夜特急》之旅中，不管喝什麼、吃什麼我都覺得可口，甚至有時候回過神來才發現自己整天只吃香蕉果腹，可說幾乎都是跟著當地人吃當地的食物，我一樣也能心滿意足。一方面當然也是因為當地人吃的東西最便宜，可是能夠每天吃那些東西依然覺得津津有味，我想也是因為我還年輕吧？

這樣的說法顯得很老生常談，所謂年輕，我覺得跟不曉世事是同義詞——尤其在我二十多歲時，當時的人們不像現在，每個人對於追求「美食」簡直是殺紅了眼。回過頭看，我常常會想，如果再讓我吃當年的那些食物會怎麼樣？搞不好我已不會再有那樣的感動。例如就拿義大利麵或鴨肉料理來說，隨著之後到不同地方的各種餐廳不斷吃過，已經養刁了我的味覺，想來我將無法再像當年純真地心生感動才是。

換句話說，當時的我還年輕，那種年輕可說是附帶著「沒有經驗」的財產——當然經驗是很重要的財產，可是沒有經驗也是十分重要的財產。本來沒有經驗算是負面要素，但對旅行而言則是莫大的財產，因為所謂的沒有經驗或是還未曾經驗，意味著遭遇到新的事物時才會興奮、才能感動。

照這麼說的話，是否出外旅行年紀越小越好呢？或許有人會有這種疑問，答案是否定的。這麼解釋可能有點極端，因為要讓沒有經驗者在經驗新的事物時能夠感動，必須先要有一定程度的經驗才行。

至於經驗的有無要如何取得平衡呢？答案或許跟「旅行的適齡期」有關。所謂的旅行的適齡期是我在和同世代的山口文憲先生聊天時所出現的新名詞——我和山口先生剛好都在二十六歲那年到國外長期旅行，因此才會聊到二十六歲左右很適合到國外長期旅行，這是否算是適齡期呢？雖然只是私下閒聊，但我覺得的確在那個年齡似乎已經兼具旅行必要的經驗和沒有經驗，對於食物也是。只要不是太特別的人，又沒有太多的經驗，那個年齡的人應該會對新的經驗產生敏銳的反應。

我在《深夜特急》之後仍去過很多地方旅行，光是最近十年，就去過包含南美亞馬遜河等地進行多次的長旅，其中讓我印象最深刻的國家是摩洛哥。

我是經由海路前往摩洛哥，從西班牙的阿爾赫西拉斯搭渡輪越過地中海，抵達非洲大陸玄關口的港都丹吉爾，接著再經由艾西拉、卡薩布蘭加到馬拉喀什。

對我而言，馬拉喀什是個有特別意義的土地，在做《深夜特急》之旅時，曾經十分猶豫要不要從伊比利半島渡海前去，結果沒有去成。如果去了，不知道《深夜特急》會變成怎樣？假如當時去了的話……事後我常常會這麼想。

終於能去成摩洛哥，是在《深夜特急》之旅的二十五年後。

在馬拉喀什過著驚險刺激日子的我，之後轉往撒哈拉沙漠。同樣是摩洛哥，卡薩布蘭加和拉巴特等都市面對著太平洋，而馬拉喀什的位置則是相當深入內陸。再往裡去有阿特拉斯山脈雄踞，越過高山便是撒哈拉沙漠。換句話說，摩洛哥就是受到阿特拉斯山脈的阻隔，才能免於沙漠化的命運。

我去的時候是五月，阿特拉斯山脈還有積雪，越過積雪的阿特拉斯山脈後，果然眼前就是熾熱的撒哈拉沙漠。不過雖說如此，實際走一遭，才知道並非一到山下前方就是橫著整片沙漠。還得先後搭乘公車、四輪傳動越野車花一天的時間，好不容易才能到達沙漠的「邊緣」。

我住在沙漠「邊緣」的一家小木屋旅店，可以隨心所欲地到沙漠周邊、沙丘後面走走。有一次我還在沙丘後面迷路，找不到自己的足跡，差點「遇難」了。還好絞盡腦汁想方設法才能生還，也是個好玩的經驗。

住宿的旅客只有我一人，但是那天又來了一對白種人的情侶。由於他們是開露營車來的，沒有住小木屋的必要，只是來用餐而已。

晚餐一開始，兩人先喝起自己帶來的罐裝啤酒，看在我眼中，感覺好像很好喝。

因為摩洛哥是回教國家，不管是旅館還是餐廳基本上都不供應酒，這間小木屋旅店對唯一的真神阿拉也很忠實，自然也不賣酒。

我雖然是千杯不醉的體質，但奇妙的是不管間隔多久沒酒喝也無所謂，即便長達一、兩個月滴酒未沾，絲毫也不會覺得困擾。可是身處在這炎熱的沙漠中，一看到冰涼的罐裝啤酒，還是覺得受不了，於是跟他們請求，「能不能賣一罐給我？」

兩人當場應允，男子回到露營車從冰箱裡拿了一罐給我。那是西班牙的啤酒，所以應該是在來摩洛哥前不久買來存放的吧？我有意付錢，但兩人不肯收。

就這樣我們三人一邊喝著啤酒一邊聊了起來，最後我喝掉了三罐貴重的啤酒。

交談之下，原來兩人是跟我年齡相仿的德國人，沒有結婚也沒有同居，彼此只是「夥伴」。女子在保險公司上班，離婚後獨自撫養尚未成年的女兒；男子是有離婚經驗的單身者，而且還是漢堡警局的刑警，兩人似乎一有休假就會相約開著露營車到處旅行。女子的女兒「因為已經不是小孩了」，所以就讓她自己一個人在家。

聊到一半時，男子問我以前是怎麼樣旅行的？我便提起了《深夜特急》之旅。從日本出發，經由東南亞，到印度、中東、歐洲，花了一年的時間旅行。聽我這麼說後，那位漢堡的刑警深深地發出驚嘆，「噢……」

保險公司的女子似乎想要把他從深深嘆息的感觸中拉回現實，語帶安慰地說：「你其實也想要有那樣的旅行。只可惜二十多歲的時候沒去成。」

原來二十多歲的他曾經想過無論如何都要去印度，但因為必須工作無法像我那樣說走就走地出國旅行。

當時我故作輕鬆地反問「現在也可以去呀，不是嗎？」畢竟他們現在已經跨海來非洲旅行，從這裡繼續往前一步，不管是去中東或是亞洲應該都不困難呀！

結果那位刑警如此回答：「Too late.」

太遲了。聽到這句話的我心想，是嗎？也許是吧。他主要是因為經濟情況而將旅行的計畫延後，現在有了一定程度的餘裕可以到處旅行，可是之後的旅行跟在二十多歲那年去的旅行或許會是不同的，他錯失了昔日嚮往之旅的「適齡期」。

我依然覺得旅行有適合該旅行的年齡。比方說，對我而言《深夜特急》之旅，就非得是二十多歲的年紀不行，如果現在的我重新旅行同樣的路線，即便所有其他的條件都一樣，結果也會是完全不同的旅行吧。

遺憾的是，現在的我不管去哪裡、不管進行什麼樣的旅行，感動與興奮已越來越少。一定是因為去過很多的地方旅行吧，所以增長的年齡，也等於是增長的經驗奪走了感動與興奮。

每年耶誕夜我都會在東京調頻電臺 J-WAVE 主持旅行的節目，該節目曾經收到一名三十多歲的女子來信。

內容是自己年輕的時候常常旅行，工作一段時間存了錢就去旅行，錢花光了就回到日本繼續工作、存錢、然後再去旅行。我雖然覺得這樣的循環過日子也不錯，但是一眨眼發現自己已經過了三十歲，卻什麼都沒留下。曾想好好當個粉領族的夢想終究只是個夢想。聽眾們如果迷迷糊糊過日子，小心錯失了正常的人生軌道，落得跟我一樣後悔莫及的下場。

的確，在日本如果一度脫離正常的人生軌道就很難回得去，感覺上美國和歐洲還比較有彈性，至少在日本曾經脫過隊的人要想進入公家機關或大企業會很困難。我雖然不認為能夠進入公家機關或大企業就是一切；可是一旦脫離軌道之後能否再重新進入，的確會造成決定性的差異。所以我覺得來函女性聽眾說得也不無道理。

然而我在意的是，她所謂的「正常人生」是什麼？進入知名的公司服務、好好地結婚、生幾個小孩？當然那樣的人生，我也覺得很棒。但對於旅行之類的事情可以等到過完正常人生，也就是工作退休後再慢慢去做就好的意見，我實在無法苟同。

二〇〇六年，我為了採訪世足賽長期待在德國。那不是我第一次去德國，《深夜特急》之旅在抵達倫敦後曾短暫到德國一遊；三十出頭歲的環遊世界之旅，途中我也造訪過德國。另外在工作上也曾為了採訪登山家雷厚德・梅思納（Reinhold Messner）、以及「奧林匹亞」導演雷妮・瑞芬斯塔爾（Leni Riefenstahl）等而到過德國，合計起來應該有七、八次吧？世足賽從預賽到決賽，我大約要待在德國一個月的時間，相較於以前頂多是一個禮拜到十天左右，這一次則是三倍以上的長期旅行。然而從德國回來後，回想起那段日子的回憶，居然印象淡薄，無法跟過去只有三分之一長度的旅行相提並論。當然，有一部分的原因該是我從頭到尾都泡在足球賽事之中吧，一有空檔還必須拚命寫稿，但我覺得那種淡薄的程度實在很難用忙碌的理由解釋得過。

過去即便只是對於食物，我仍清楚記得在符茲堡河畔那家古老的河魚餐廳，我仍記得桌上的燭光搖曳、注滿的啤酒杯口冒著白色泡泡、同行女子的輕盈笑聲……

然而世足賽期間長期待在德國的記憶卻是平面的，沒有任何高低起伏。明明有吃美食也和人們有過不可思議的接觸，還在安靜的場所享有安靜的時光，卻沒有留下任何揪心的回憶。也就是說，旅行的濃度似乎不太一樣。跟年輕時比，只覺得風景、人情都淡淡地從眼前流過。

以前我在接受採訪時說過，旅行讓人有所得的同時也會有失，可是上了年紀的旅行似乎會失去重要的東西，卻得不到什麼決定性的回饋。

當然，三十歲也會有適合三十歲的旅行，五十歲也會有適合五十歲的旅行。

我曾經看過七十多歲高齡人士參加越南團體旅行的畫面，那是一幅很快樂的風景，甚至讓我覺得自己年紀大了也想要像那樣子旅行。

不過適合二十多歲的旅行，只能在二十多歲時去完成，到了五十歲想要從事二十歲的旅行已力有未殆，真是心有餘而力不足。所以我還是覺得適合某個年紀去的旅行就應該在那個年紀去會比較好。

因為兩個電視節目和旅行而改變的事

第三班車上市兩年後，又出了分成六冊的文庫版，同時想要將《深夜特急》影像化的提案也不斷上門。

問題是說要影像化，但期間這麼長、範圍這麼大的旅行故事要如何呈現呢？是要拍成戲劇還是報導節目呢？許多人提了各種的方案，可是沒有一個讓我怦然心動。

後來出現了一個很積極的人，他是在KANOX製作公司裡擔任製作人的小野鐵二先生。根據小野先生的說法，他想要結合戲劇和報導節目，以嶄新的方式加以影像化。

由於他十分積極，我便回應「可以的話，你就試試吧！」因為我壓根認定他做不到。小野先生很有耐心地一再提案，終於以本案獲准為某電視臺的創立幾周年紀念節目。

據說他最大的煩惱是找誰來扮演「我」的角色——一開始有考慮找某個當紅明星，但因為兩個理由放棄了——一是那個當紅明星給的時間不夠，恐怕無法參與所有的旅程；另外一個理由是，他希望扮演「我」的人走在國外街頭時必須高出群眾一個頭，而那個當紅明星的身高有些不符期待。

接著考慮到的人選是別的年輕演員，他的身高和我一樣，走在香港的人群中的確可以高出一個頭，偏偏到了試鏡前又告吹了。理由是那個演員的經紀人充滿歉意地表示「老實說他不喜歡旅行」。的確，不喜歡旅行的話，這項工作未免太強人所難，所以最後才決定由名叫大澤隆夫的演員擔綱。我只知道他有演過電視連續劇，但實際上沒有看過那些節目，所以也幾乎等於全然地陌生。

我頭一次見到大澤先生，確實身高很高，但是線條纖細顯得有點弱不禁風的感覺，不禁令人擔心他承受得了環境那麼嚴苛的旅行嗎？不過仔細想想，似乎跟當初剛開始旅行的我也很像呀。因為大澤先生表示出強烈的意願，加上小野先生也說他沒問題，我便祝福說「那就路上小心吧」，送他們遠行去拍片。

就這樣完成的電視劇版《深夜特急》成為報導與創作交織在一起的奇妙作品——一邊循著我旅行的路線，以非小說情節融入看似我所經驗過的種種。日後這項嘗試還獲得了許多電視相關的獎項，算是一個很有意思的作品。只是拍攝該作品時並非一切都很順利，也遭遇了各種的困難。

其中最大的困難是半路殺出一組名叫「猿岩石」的對手。

當大澤先生等人為拍片而踏上旅程時，剛好日本出現了名為猿岩石的搞笑組合引起一股風潮——那是星期日晚上播出的電視節目「前進！電波少年」中的一個單元，由搞笑藝人組合猿岩石擔綱演出，兩人循著類似《深夜特急》的行程一路開始搭便車踏上旅途。當然，該節目事先並沒有跟我聯繫過，總之就是找了雙人組合的小牌搞笑藝人從日本出發，隨便丟在香港或是某地，只給了日幣十萬的旅費，要求他們跟《深夜特急》一樣走到倫敦。一如預測，兩人很快就用完了那筆錢，但真正的旅行也就此揭開序幕，他們一路搭便車、露宿街頭、打工，甚至挨餓……兩人歷經千辛萬苦繼續旅行的樣子，在同行的製作人拍攝下，在電視上播出。

這個節目贏得廣大的觀眾支持，而且在嚴峻的旅程中，原本前途不被看好的搞笑藝人，或許長相也逐漸令人覺得討喜了起來。實際上從影像中甚至可以感覺隨著旅程的進行，他們的稜角也被磨平了。

之後該節目的製作人有親自跑來跟我說明原委，他說有一天在東京六本木的青山Book Center書店看到排列在平臺上的《深夜特急》，突然想到「對了，我有個朋友也曾經效法澤木耕太郎做過同樣的事，不知道那傢伙現在怎麼樣了？」接著又想「如果找人做同樣的事應該很好玩吧？拍出來作成節目應該會很有趣吧？」於是後來就找了猿岩石來實現這個想法。

就節目而言，的確是很成功，儘管是晚間十點的節目，但據說收視率超過百分之二十，十分轟動。

猿岩石的兩人平安抵達倫敦後便回到日本，該節目還在西武球場找來大批觀眾舉辦「凱旋實況轉播」，將話題炒熱到頂點。從那個時候起，我也接到不少電話要我發表看法，內容不外乎是「覺得猿岩石怎麼樣」、「自己的旅行被模仿，有什麼感覺」之類的。我一向不喜歡對媒體發表個人看法，一概以「對不起，無可奉告」拒絕了，最後連《紐約時報》也請我發表看法，題目是「為什麼日本的年輕人會嚮往那種嚴苛的旅行？」當然我也回絕了。

總之，在猿岩石造成一股風潮的同時，小野先生和大澤先生等一群人正默默地在歐亞大陸移動與拍片。小野先生他們真實的感想是，自己得到了作者的許可，換句話說自己做的才是正式授權的節目，卻被一群毫無關係的人搶先做出《東京特急》的搞笑版奪得大眾的喝采，自然很擔心被比了下去。

我還記得自己對暫時結束拍片回來的小野先生安慰道，我這麼說也許對猿岩石那兩人很不好意思，但是他們很快就會消失、被大眾遺忘的。

事實上我預測得果然沒錯，「猿岩石旋風」馬上就退燒了。

之後大澤先生主演的「劇的紀行　深夜特急」每完成一集便在電視播出，是部花了三年，共拍成三集的大作。看到影片中的大澤先生，我有些驚訝，因為他看起來有了很明顯的變化。當然那是因為他把節目當作工作認真投入，基本上跟猿岩石的兩人一樣，但是投入工作的同時，他似乎也把那個旅行當成為自己而去的旅行了。大澤先生跟著旅行從第一集到第二集，從第二集到第三集也逐漸在轉變中，我想那是因為旅行的本質起了變化的關係吧。

我完全不干涉他們的旅行，因為我的基本想法是，既然作者已經授權了，就不應該插嘴表示意見。唯一只有在出發前一個月的碰面機會上，我跟他們相約：如果一切順利的話，大家就在最後目的地的倫敦一起舉杯慶祝。因此第三集出國拍攝時，我一個人前往倫敦，等待他們從西班牙過來。不久之後，所有的拍片成員總算抵達倫敦，其中大澤先生讓我覺得好像變了一個人似地——一方面是因為他曬得很黑的關係吧，另一方面他也變得十分強壯，跟第一次見面的樣子大相逕庭，而且還給我充滿自信的印象。

大澤先生回日本後，因為該節目接受採訪時曾這麼說：

得到這項工作時的我，明知道自己能力不足，卻還是一直有幸能夠擔綱這個重要角色的演出，讓我不禁很想從這些不是自己一步一腳印走出來的，或自己是否太快衝上頂點的不安感中逃離出去。這點倒是跟為了追求未知，而勇敢丟下工作等一切出去旅行的二十六歲主角一樣。

原著中曾出現過好幾次「感覺自己又更加自由了」的說法，我在第二集到印度出外景時也有那種強烈的感受——每完成一個場面，就好像脫去一件厚重的衣服一樣。所以在馬賽搞壞身體被醫生命令立刻回國時，我仍不打算停止拍片，就算在當地掛了也無所謂。

旅行會改變人，但肯定也會有不被改變的人存在。旅行無法改變那個人，我想問題應該出在那個人因應旅行的態度。人一生之中可以改變的機會並非太多，所以能出去旅行最好，雖然充滿危險、充滿困難，但最好還是出門旅行吧。我覺得最好還是要到處走走、經驗一下各種事物。

那個矮胖歐吉桑的閒聊……

回想起來，從《深夜特急》之旅至今已經經過令人茫然的漫長歲月，當然有些記憶變得不鮮明了，但有些部分反而隨著時間越久而歷歷在目。

例如《深夜特急》之旅受到許多人寫的遊記影響，遠從小田實的《什麼都要看看》觸動我第一次的一個人之旅開始；然後是井上靖的《亞歷山大之道》推了我一把，讓我決定搭乘大眾公車行走絲路；檀一雄的《風浪之旅》教會了我自由的旅行型態；而在香港之所以產生筆談的點子，大概是讀了竹中勞在雜誌上連載的〈東南亞報告〉一文；至於決定寫遊記時的第一個里程碑，則是伊利亞斯．卡內提的《聆聽馬拉喀什》。

然而有些地方卻是一直都不自覺受到明確的影響，往往要到後來才驚覺原來如此，原來那趟旅行在某些地方受到那個人深切的影響……

那個人就是小林秀雄。

小林秀雄是我高中時代愛讀的作家之一，至於有多愛讀？當我讀完《梵谷的書信》時，甚至還曾暗自告誡自己，將來絕對不要成為小林秀雄的模仿者，可見得我有多入迷。也許聽起來像是開玩笑，但我真的是打從心底那麼想。

然而如今重讀，才發現大學寫的畢業論文竟瀰漫著濃濃的小林秀雄模仿味——那是關於阿爾貝．卡繆的評論，光是序章的標題〈關於熱情〉就很有小林秀雄的感覺，而且其中連梵谷都上場了。

即便如此，我仍主觀地認為自己沒有成為小林秀雄的模仿者，直到多年以後才深深感嘆，千萬不能小覷年輕時的閱讀影響力。

那是發生在《深夜特急》之旅大約過了十年的一九八四年洛杉磯奧運當時。

一九八〇年的莫斯科奧運，美國和日本等西方國家，基於抗議入侵阿富汗的名義拒絕參賽，那麼到了一九八四年的洛杉磯奧運，莫斯科的仇恨到了洛杉磯會演變成怎樣呢？果然以蘇聯為主的所謂東側國家為了報復上一次而集體拒絕參賽。

已經確定要去採訪洛杉磯奧運的我當時竟異想天開認為，既然要去洛杉磯，不如先經過棄權的諸國家感受她們的風土民情，多少能彌補少了半邊天的奧運遺憾。於是我從東京到洛杉磯之路沒有飛越太平洋，而故意逆向繞路，從蘇聯進入波蘭，再由東德進西德出，越過大西洋到紐約，最後橫跨美國本土抵達洛杉磯。

途中我還特別繞到莫斯科。

當時的莫斯科並不是個很容易親近的都市，只停留幾天的觀光客根本難以一窺她的真面目，不得已的我只能整天在街頭漫步。

有一天我沒來得及確認行車方向便在莫斯科大學跳上路面電車，結果那是開往基輔車站的電車。

一下車就下起了小雨，於是我跟著一群蘇聯人走進車站避雨。這時，出現了一名抱著嬰兒的吉普賽少女，一個令人以為在羅馬才會出現的吉普賽少女。正在照顧嬰兒的她，完全不怕雨淋地在雨中走著。那樣子看起來毫不在乎、意志堅強、而且自由自在——對我而言，那名少女是我在莫斯科頭一個看到充滿生氣的小孩。

她過了一會兒才走進車站，直接爬上二樓的候車室。我不禁跟在她後面上樓，結果發現上面有很多她的同伴，都穿著破舊的衣服，趁著照顧嬰兒的空檔，不是打打鬧鬧就是在吞雲吐霧，二樓候車室的大人們都一臉鄙夷地盡量離他們遠一點。其中，有對跟著父親出門的小兄妹很驚訝地看著那群少年少女的行動——瞧他們手上拿著香蕉的樣子，應該是在莫斯科所買的禮物，接著要回到鄉下的小鎮或村莊吧？看著那兩個小兄妹目不轉睛地望著這在莫斯科的小小犯罪集團，一股想要讓這個伊凡和娜塔莎看到完整形態奧運的心情油然而起。

當然我不知道他們的名字是否真的是伊凡和娜塔莎，就連他們是否在莫斯科奧運之時就已出生也不確定，可是我想讓當時整個蘇聯到處都有的伊凡和娜塔莎，看見美國、日本等國都有參賽的完整奧運，於是我在經由莫斯科飛往洛杉磯的旅行日記上是這麼寫的：

過去我認為美國拒絕參加莫斯科奧運是理所當然的舉動，不是肯定抗議入侵阿富汗的名義正當，也沒有感覺到運動應該是政治不該介入的唯一聖地——真實世界發生的事，在運動的世界也會發生。所以對於蘇聯杯葛洛杉磯奧運，只覺得「那也難怪」，其他就不再多想了。

然而在這街頭上什麼都沒發生的蘇聯，不對，應該說在這看起來像是排除一切可能性的蘇聯，對無數的伊凡和娜塔莎而言，奧運才是他們至高無上的樂趣吧？對於美國的約翰和瑪莉，奧運不過是夾在超級杯球賽和世界杯足球賽之間眾多祭典中的一項罷了，可是對於蘇聯的伊凡和娜塔莎，卻是期待了好久的重大活動。

伊凡和娜塔莎的夢想應該是希望親眼目睹蘇聯選手們，在莫斯科痛宰來自美國等其他外國選手的場面吧？如果美國沒有棄權前來參賽，每一次被蘇聯選手打敗就會被當成社會主義的宣傳教材大肆利用，或許也會覺得不耐煩才是。但仔細想想，就算是所有項目都敗給了蘇聯選手，我想美國選手也絕不會垂頭喪氣吧？的確伊凡和娜塔莎會為自己國家選手的活躍而欣喜萬分，但也會被輸了比賽的美國選手所具有的那種樂觀、活潑、自由的特性所吸引才是。回想過去，東京奧運時日本的太郎和花子不也是一樣嗎？對於包含唐．斯科蘭德（Don Schollander）等美國選手的正面、積極感到瞠目結舌。

我將這項發現，或者應該說是突發奇想吧，視為這次奧運之旅的最重要心得。不料過了一陣子後，我又讀起久違的小林秀雄《思考的線索》，當我讀到最後類似附錄的〈蘇聯之旅〉時，心想「不會吧」。這才驚覺自己對莫斯科小孩的感情、視角搞不好是受到小林秀雄的影響。

小林秀雄的〈蘇聯之旅〉是篇受到蘇聯招待旅行後的遊記，正確說來是將演講紀錄整理成文章。小林秀雄寫過《杜斯妥也夫斯基的生活》等有關杜斯妥也夫斯基的論文，那一次的招待旅行是他第一次前往俄國。

重讀小林秀雄的〈蘇聯之旅〉，讓我心生「不會吧」的感覺，是因為看到以前畫過線的一段文字：

> 旅行前有人這麼跟我說：被蘇聯招待，肯定只會給你看些好的地方！我覺得這個想法很奇妙，世界上有哪個笨蛋會請客人看不好的地方呢？身為客人能夠看到盡是好的地方就該心存感激，我以為這是一種常識。

如果不知道當時東西方正處於冷戰、蘇聯徹底實施秘密主義等政治狀況，恐怕就無法理解這篇文章似是而非的衝擊。然而這篇文章最大的意外性則是被視為保守派思想家的小林秀雄居然會擁護社會主義國家的蘇聯。對蘇聯的秘密主義也不唱反調。不過仔細閱讀這篇文章後，就會知道他其實並沒有擁護蘇聯或幫忙辯解，完全只是在說明一種「常識」而已。當然在東西方冷戰的政治狀況下，這種說明常識的態度反而顯得相當政治性。以前我在這段文字旁邊畫線的理由，或者說讓我大為感動的是，小林秀雄並沒有因為偏見而蒙蔽了雙眼，並且保持了掌握現實縱觀大局的態度。這項記憶隨著我看見基輔車站的小孩子們時，也影響了我的看法，我想那是一種教誨，要我用心去觀看眼前的一切。

我在《深夜特急》之旅時，似乎模仿了小林秀雄對異國的態度。不對，也許模仿的說法並不正確，與其說我是刻意模仿，應該說是在不知不覺間早已深深沁入。在印度抱著長天花的嬰兒時，之所以能在還沒慌亂之前，就告訴自己「如果這種病跟我有緣，那也沒辦法」而像吃了定心丸，我想就是受到了小林秀雄的精神定位所影響。

此外還有一個人對於我的旅行可能也產生了莫大的影響，或許就是那個人影響了我「對旅行的熱情」。

我在《深夜特急》的澳門篇章關於那個人有以下的描述：

> 我大學第二外國語選的是西班牙文。不是為了可以讀原文的賽萬提斯（Saavedra Miguel de Cervantes）或找工作，只是因為不想學德文、法文、俄文和中文。不過，

連我自己都很意外，我上課非常認真，因為西班牙文老師的課很有趣。他身材微胖、戴著眼鏡，講話很急。一段時間之後才知道，他講話急是因為想講的東西太多。九十分鐘的課，他大概教讀課本十五分鐘，其他時間必定談起訴說不盡的自身經歷。

我的西班牙文兼課教師，本來在某女子大學任教，研究日歐外交史，專攻十六世紀到十七世紀間日本和南歐各國的關係。上課時，才談到耶穌會和南蠻貿易，不知不覺就跳到他在西班牙和葡萄牙的研究生時代；才說到在蒐集當年赴日傳教士寫回本國書信的古文書館中，發現一封意想不到的信時的感動，話題又轉到日本的新幹線，吹噓說馬德里和巴塞隆納之間有三、四個小時就到的火車，隨你相信與否，反正東拉西扯，沒完沒了。

在他的談話中，不在歐洲卻貿易頻繁的都市有三個：臥亞、麻六甲和澳門，都是葡萄牙的亞洲貿易前進基地。這些城市的光榮時代已伴隨葡萄牙的沒落而去，如今成了歷史化石般的地方。在他口中，臥亞和麻六甲都是很有意思的地方，我對澳門尤其印象深刻。

澳門是靠生絲銷往日本和進口日本的白銀而繁榮，但隨著日本對基督教的壓力增強，和日本的貿易也變得困難。它是耶穌會在東亞的傳教基地，澳門市民精神依託的聖保祿大教堂像是和澳門沒落的命運與共般被燒燬，只留下一堵前牆，其他全部灰飛煙滅。

微胖的中年男人大氣不喘、喋喋不休訴說站在那堵牆前的感動模樣實在有趣。讓人真切感受到若是沒有這份熱誠，也不會賭下一生去翻譯傳教士五百年前寫的書信。當然，因為太過熱愛，也拿十六、七世紀傳教士寫的書信來考初學西班牙文的我們，則讓人受不了……

這個「微胖的中年男人」就是日後以「南蠻學」泰斗而知名的松田毅一——我在大學時代上過松田老師的西語課。

我其實並不喜歡只因為擔任教職的理由而稱對方為「老師」，這大概是因為我內心深處認為能被一個人稱呼為「老師」的人不應該有太多才對。

所以，從小學到大學接觸的許多老師，讓我真心願意稱呼對方為「老師」的人不多。但不可思議地，對於以老師和學生的關係來說也極其淡薄的松田老師，我卻能很誠心地以「老師」相稱。

我想大概是因為松田老師十分符合我心目中的「老師形象」吧。

我大學時經常翹課，是因為受不了那些所謂的大學講師或是大學教授的上課方式，與其聽那種程度的課，我寧可坐在港口邊的長椅上讀書。而那樣的我卻很積極地出席松田老師的西語課，不是因為不出席西語課就拿不到學分，印象中反倒是松田老師對於上課出席率抱持極其寬容的態度。

西語課的上課方式很簡單，一如前面提過的，用的是大學書林出版的《四周學會西班牙語》。教課的速度很快，說九十分鐘的上課時間只花了十五分鐘，的確是有些太誇張了，但西語的教學絕對不會超過三十分鐘。剩下的時間就是閒聊。儘管如此，松田老師的口頭禪還是「應該上得比上智大學的西語學系還好」。

松田老師的課吸引我，固然是因為他在上課時的閒聊很有趣，更多的因素是我對松田老師這個人很感興趣。我們，至少是我，對於大學課程所要求的並非只是寫在書本上的知識片段。我們，不對，是我，希望從大學講師身上感受到某種「熱度」！感受到那種「熱度」之後，接著自己也想有些作為，而松田老師的確擁有身為研究者、身為教育者的「熱度」。

說不定那種「熱度」……那天聽到松田老師的死訊時，我心想，松田老師的「熱度」雖然沒有把我帶上學好西語、研究日歐交涉史的路上，但搞不好就是他的「熱度」引領我一路往西前進吧？事實上，我的《深夜特急》之旅，從澳門、麻六甲、臥亞到里斯本，就像是追求著松田老師口中常提到的那些城市之旅。

松田老師的「熱度」或許就是幾年後讓我產生「旅行熱情」的偉大溫床吧。

終章 旅行的力量

隨著時間的經過，為什麼那趟《深夜特急》之旅得以順利結束的想法越來越強烈。

大概是因為幾度跟危險擦身而過，但從來都沒有遇到絕對性的困難。

首先，是我沒有生大病，唯一只有在印度發過一次高燒，結果還是吃了印度的藥丸給治好了。

我也幾乎沒有遭竊過，搞不好是因為看起來太寒酸的關係吧？別說是被偷被搶了，就各種意義來說，反而接受「施捨」的情況比較多。

倒是曾經發生過這種事——在泰國的鄉村小鎮被一群小朋友圍著，大家一起聊天。當然我不會說泰語，只能靠肢體語言和拼湊一些英語單字，不過彼此之間多少還是能夠溝通，度過一段愉快的時光。和他們分手後，我才發現別在背包上的一個吊飾不見了，是被其中的一個小朋友給偷走了。

那是女朋友在出發前送我的禮物。我很難過，並寫信告訴她這件事。可是回到日本後，竟被女朋友取笑了，她說瞧我一副彷彿世界末日般的悲慘樣，其實應該當作是那些小朋友們的一種情感表露吧。

她說得很對，不過只是別在背包上的一個吊飾，照理說應該是我要拿下來送給他們的才對。反過來說，被偷的東西就只是那一樣小東西，可見得我有多麼幸運。

沒有生重病，沒有丟失重要的行李，也沒有捲入致命的事故。

還不只是這樣。

保羅．尼贊在《阿登．阿拉伯半島》所寫的「一旦走錯一步，年輕人就會被毀掉」。他所指的雖是二十歲，但可以說是所有年輕人，也可以說是所有年輕的旅人。結果我沒有走錯那一步路。總的來說，我想我是「幸運」的。

不過似乎也不能把一切都歸功於「幸運」才是。

值得慶幸的是，我覺得自己很適合那種旅行，說得更直接點，就是擁有一種「力量」。其中之一是「吃的力量」。

前面也說過，我從小就是不挑食的小孩，餐桌上的食物，都能吃得一乾二淨。到朋友家用餐也是一樣，一直以來都被稱讚說，看我吃東西感覺就是很好吃的樣子。我並沒有勉強自己，而是真的覺得每一種食物都很可口，以至於到了歐亞大陸各國，習慣還是不變。

跟「吃的力量」相同的是「喝的力量」——雖然只是單純的體質問題，我不管喝什麼酒、喝多少都不太容易醉。所以旅途中遇到有人勸酒，我都可以輕鬆乾杯。對於建立人際關係倒是提供了很好的機會。

更重要的是，我對於與人交際往來並不排斥。從以前起我就很喜歡聽人說話，身為報導文學的採訪者，之所以不喜歡將採訪交給助理執行，自己只負責撰稿，是因為那就像是把自己最喜歡的工作交給別人去做一樣。

而且我旅途中也經常找人問事情。有一次在國外採訪運動盛事時，一名編輯看到我工作的樣子不禁很感佩地說：「澤木先生總是馬上找到人就問。」

沒錯，我會立刻找人就問東問西。歐亞大陸之旅時，因為沒有導遊書，自然而然遇到各種場面就得問人。也許養成習慣了吧，即便手邊有導遊書，我還是會就近問身旁的人。

到市區可以搭哪一班公車呢？這條路一直走下去能夠遇到火車站嗎？這附近有賣中國菜的餐廳嗎？

除了比較方便快速外，也是因為我知道那麼做很有可能會將旅行帶往意想不到的方向發展。

一如「吃的力量」和「喝的力量」，我似乎還具備了「聽的力量」和「問的力量」。

的確，我的旅行是「幸運」的，而且不只是幸運，還具有「旅行的力量」。不過，旅行在確認我旅行的力量同時，也讓我知道有哪些力量不足。

幸運的英文是「luck」，但如果其中的「u」改成「a」，就會變成「lack」，意思是不足。若換作是「lack nothing」，沒有缺什麼，則代表需要的東西一應俱全。

我認為自己具有一些旅行的力量，但還不至於到達「lack nothing」的程度。反而應該是說在旅行中經常會深切感受到自己的力量不足。

語學的力量就是其一。我對於所經過國家的歷史、文化等教養、政治和經濟的相關知識也都很欠缺，尤其是跟其他國家同世代的年輕人相較之下，我始終覺得自己存在的力量很小。

旅途中會產生摩擦，我自知是因為不會說該國語言所造成的。住在該國的人們只要會說該國的語言就夠了，但旅行者要想在造訪國家過得舒適，就必須要說該國語言才行。

例如，我對蘇菲亞・柯波拉執導並奪得奧斯卡最佳劇本獎的《愛情不用翻譯》曾表示無法認同。因為一個不過是闖入日本的美國人，居然對於無法跟周遭溝通的原因在於自己不會說該國語言的自覺都沒有，只因為自己聽不懂就取笑對方，我認為很不公平。

旅途中每每因為語言不通而產生摩擦時，我固然會很生氣，但內心深處還是覺得錯在自己。

不只是語言的問題，旅行也會提醒自己有哪些力量不足，比方說，可以讓我們知道自己能有多高。如果說肉體上的身高，我比起其他國家同世代的旅人並不遜色；這裡指的是一個人的能耐，就能耐而言我是不足的。

知道自己有多少能耐，的確是旅行的效用之一。

有一次我和攀岩家山野井泰史先生進行對談，聊到了上班族遭到裁員或是公司破產時，為什麼大多數的人會驚惶失措、一蹶不振呢？當時我們一致的看法是「問題不都是出在事先沒有預期那些無法預測的事情嗎」。不單是上班族，只要是生而為人，能否預期可能發生無法預期的狀況很重要。

攀岩時，攀岩家得先做各種預測——預測天候的變化、模擬即將攀爬的路線等。不單只是憑藉照片、文字等資訊來設想自己要如何攀爬此一斜坡，還要從山下的目視判斷現場狀況來進行預測。可是實際開始攀爬後，還是會有出乎意料的狀況發生。例如從下面看不到的樹根巨大凸起或凹洞，還有表面太光滑，手腳無法找到可以支撐的著力點等場面。這時千萬不能想說「啊，出現無法預期的狀況」，而驚慌失措。首先告訴自己「這種事經常發生」，乃是培養自己因應無法預期狀況之力量的第一步。

例如旅行的時候，可能會認識某人——沒錯，在國外旅行時如果有外國人邀約「要不要來我家」。這時該怎麼辦呢？

首先，絕對不要認定會提出這種邀約的人都是壞蛋，也不要當場就判斷對方一定會耍詐所以斷然拒絕；其次，也不要認為對方很親切，難得有這種機會就去吧！以上兩種都是旅行者常有的態度。

如果是我會怎麼想呢？基本上我覺得這個世界上親切的人很多，壞蛋不是到處都有，不過壞蛋肯定存在。基於這種想法，我會預估走到哪裡自己將回不到原來地點的「距離」，然後跟著走到憑藉自己的力量可以回頭的最遠處——有可能是到對方家裡的庭院或是客廳。如果是女性的話，一旦進入二樓的房間，或許就回不去了。總之，要比較檢討自己的力量和當時狀況，判斷一旦走到哪裡就有可能無法自己走回原處。旅行中這種經驗重複幾次後，那種「距離」自然可以逐漸拉長。

實際上，旅行充滿著偶然，各式各樣的偶然讓旅行有了變化。例如，再怎麼縝密思考作出的旅行計畫，遇到無法預期的狀況也可能面臨改變的命運，就好像沖垮砂雕城堡的海浪一樣，接二連三的偶然衝擊就能毀掉全盤。在這種情況下，重要的是養成一種當場可判斷是要堅守原定計畫，還是從變化另尋活路的能力。換一種說法，就是養成一種面對偶然的彈性對應能力。

固然那種力量會隨著擁有者的經驗、知識等力量的增加而產生變化，但如果沒有將自己暴露在無法預期的場面上，則也有可能不會增加。所以我認為，年輕時必須刻意讓自己暴露在有可能發生無法預期的場面，這一點很重要。

這麼說來，運動應該算是一項不錯的訓練，因為運動單靠自己是無法掌控的。在一連串無法預期的狀況中，瞬間就要做出如何因應的判斷。當然運動員之中不乏無聊的人，所謂有魅力的運動員，大概就是因為累積了很多那種經驗，而讓自己的能耐越變越高的人。

同樣的說法也能套用在旅行上面——旅行也是很可能出現預想不到狀況的場面之一。

隨著如何應對，就能一點一滴增長個人的能耐，自然也就增長了旅行的力量。

幾年前《深夜特急》出版韓文譯本時，出版社要求我寫「韓文版的結語」。於是我寫了以下的文章：

對我而言，第一次造訪的外國是韓國——二十五歲那年，搭乘飛機跨越海洋，在抵達半島上空的瞬間，那份感動我至今難忘。

——從這塊土地一路往西走，要走多遠才能到達歐洲呢？

當然應該是無法通過北韓才是，而且我也很清楚當時的中國並不接受自助旅行者，所以也無法穿越。但就理論來說，如果能從韓國一路走到巴黎，該有多棒呢！可以說《深夜特急》之旅的誕生源起於當時那個鮮明熾熱的念頭。

今年秋天，我做了一趟往返西藏和尼泊爾之旅，主要目的地是去喜馬拉雅山的格仲康峰，沿途還看到了不少令人印象深刻的情景。

其中之一是和一群騎單車的旅行者擦身而過，他們有男有女、有老有少，拚命踩著踏板在落差很大的山路忽上忽下奔馳。大部分是來自歐洲的團體旅行觀光客，其中從西藏的拉薩到尼泊爾的加德滿都安排的是單車之旅。他們將行李寄放在旅行社所準備的大型遊覽車上，一身輕盈地踩起了踏板。

不過除了這種團體旅行的觀光客外，我還遇到幾組載著露營用的大行李、氣喘如牛踩著踏板的單車旅行者，其中也有來自亞洲的年輕人。最讓我覺得驚訝的是，他們的國籍極其多樣。過去我在從事《深夜特急》之旅時，一提到在絲路上移動的年輕人，幾乎都是日本人，沒想到今年秋天在西藏遇到的單車旅行者、背包客竟然完全變了樣。

一名默默騎車走在艾佛勒斯登山道的年輕人，他的安全帽上貼有韓國國旗的貼紙；在定日通往聶拉木的唯一道路上，我和一對將中國國旗包住單車後座的雙人組擦身而過；我還有在西藏和尼泊爾交界處附近，跟一個年輕的日本背包客，以及他在旅途中認識的兩名香港年輕女性一起聊過天。

不只是日本，有更多的亞洲年輕人開始在亞洲旅行，此一事實真的讓我覺得既新鮮又驚喜。

這麼說來，在西藏的旅館和餐廳窗玻璃上，韓國登山隊的貼紙硬是比其他國家的要多得多。大概除了攀岩者外，過去我所做過的旅行對韓國的年輕人來說，已經變得稀鬆平常了吧？

然而對於那些能夠輕鬆上路的年輕人們，如果說我還抱有任何些微疑慮的話，我想應該是，旅行的目的並非只是「去」而已。重要的是在「去」的過程中，實際「感受」到了什麼。比起抵達目的地，更重要的是自己如何感受到旅途中吹過的風、流過的水、投射在身上的亮光和交錯而過的人們。

如果你正在猶豫要不要去旅行，我大概會這麼說吧——

「不要害怕！」

同時再補上一句——

「但要小心。」

不要說是異國了，就連在自己的國家也一樣，未知的土地當然有危險，充滿了無法預期的陷阱。可是察覺旅行危險的能力，也只能在旅行的過程中慢慢學會。旅行除了能教會我們認識自己的渺小，也能幫助我們成長茁壯。換言之，旅行可說是另一所學校。

一所進不進去就讀都隨你自由的學校；一所會得到很多東西但也會有所失去的學校；一所老師是世界各地的人們，教室是整個世界的學校。

如果現在你想進入那所學校準備開始旅行的話，那我還有一句話要送你——

「旅行沒有教科書，教科書得由你自己去作。」

澤木耕太郎

如果問我在旅行的學校學會了什麼？或許是體認到自己的無力感吧。要是沒有去旅行，我對於自己的無力感，肯定會很麻木不仁。所以換個說法，出外旅行讓我感受到「無力感的感覺」。

現在我很清楚自己有多麼無力，知道自己能做的其實微乎其微，但我並沒有因為自己的無力而感嘆，或是因為無力而放棄，而是認清自己的無力，仍繼續跟某種龐然巨物格鬥。如果能像個旁人一樣看著無力的自己在惡戰苦鬥，或許也會稍微同情自己，想要勸自己，喂！何必那麼辛苦呢。

可是之所以能夠堅持下去，或許就是因為深深體悟到自己的無力感吧，力量也因此而不斷湧現。

的確，我在旅行的學校學到了自己的無力，可是想要嘗試新旅行的意志力並沒有因此而被奪走！

結語

陸陸續續寫過旅遊的文章，也被山口文憲先生等人揶揄是「旅行的巨匠」等，但其實從《深夜特急》以來，那些旅遊文章就沒有彙集成書。

直到有一天在挑選要放進著作集的作品時，才發現沒有出版的短篇遊記已經多到可以出一本書的分量。

其中有造訪檀一雄生活過的葡萄牙聖克魯斯所寫的〈鬼火〉、走過卡帕喜愛的巴黎所寫的〈卡帕的巴黎〉、重遊西班牙馬加拉的小酒館所寫的〈記憶的酒桶〉、描寫在大西洋城挑戰世界重量級拳王爭奪賽的喬治・福爾曼的〈大象飛了〉、前去奧地利基茨比爾觀看世界杯滑雪賽的〈降落與跳脫〉，還有關於越南的三部曲連作〈湄公之光〉、〈一號國道往北行〉、〈雨中河內〉等。

於是決定在出版著作集之前，先出一本只收錄短篇遊記的書。

至於該用什麼的書名才能概括這本集子呢？就像大多數的音樂人在製作專輯一樣，過去收集運動相關短篇報導的《不敗的人們》、描寫市井小民的《人的沙漠》等，都不是採取其中一篇文章標題作為書名的作法，這本遊記的集子，我也希望有個能貫穿所有文章主題的書名。

左思右想之際，感覺其中一篇描寫越南的〈一號國道往北行〉，其標題意義似乎越來具有代表性。

二〇〇〇年，我終於得以前往一直很想去的越南，首先造訪的是胡志明市。待了一陣子後，突然有了接著不妨搭乘公車走連接胡志明市與河內之一號國道的念頭。從胡志明市出發算是北上，從河內則是南下——我被這個從胡志明市走一號國道北上的想法給深深吸引住，那次旅行唯一的目的就是搭乘公車走一號國道北上。因此我仿效希區考克電影「北西北」（North by Northwest），將遊記的標題取為〈一號國道往北行〉。

可是繼續眺望著該書名，我又有了一些想法，或許每個人都有他想要「北上」的「一號國道」吧？當然那也可以是「三號國道」或是「六十六號公路」，也可以不是「北上」而是「南下」。總之，我只要將其設定為「一號國道」、設定為「北上」，則這條「北上」的「一號國道」可以適用任何人，甚至放諸世界皆準也說不定。

想去哪裡就去哪裡，不對，並不僅限於旅行，想做什麼都能實現！這一切不就是「一號國道往北行」的精神嗎。

如此一來，〈一號國道往北行〉不只是一個作品的標題，或許其意義也適合作為整本書的標題，因為其中收錄的作品，多半是希望有一天能去走一趟，有一天能去親眼目睹、有一天想去做，而終於獲得實現的故事。

基於這樣的想法，我將書名定為《一號國道往北行》，並將原定放在其中的〈一號國道往北行〉之標題改為〈縱貫越南〉。

這本書出版後，我和講談社的負責編輯小澤一郎先生心想，不如來辦個《一號國道往北行》的簽書會吧。

一連串的簽書會「行程」中，有一些令人印象深刻的小插曲。

其中之一發生在名古屋——

等待簽書的長龍中站著一個應該是小學生的小男孩，我猜想可能被父母拜託幫忙排隊的吧？輪到他時我便開口問：「讀幾年級呢？」

「五年級。」少年口齒伶俐地回答。

「是媽媽拜託你來的嗎？」

「不是。」

「我寫的書，你讀過嗎？」

「有呀。」

「什麼書？」

「《深夜特急》。」

聽到他的回答，排隊的大人們之間起了一陣騷動，我不禁懷疑他說的是真的嗎？

「那你看得懂嗎？」

少年這麼回答：「有些地方看得懂，有些地方看不懂。」

聽到這樣的回答，我知道這個少年應該是有認真地閱讀過我的書。

「謝謝你讀我的書。」致謝後，我又追問了一句：「其他還喜歡什麼樣的書呢？」

同時心想萬一他回答村上春樹，自己該如何反應呢？

不料，到目前為止口齒伶俐應答如流的少年突然變得扭扭怩怩起來，這時在隊伍之外，從包圍著會場看熱鬧的人群中傳來一個聲音。

「某某君，還不老實說！是《蠟筆小新》對吧！」

看來應該是少年的母親吧？被「爆料」後，少年也變得開朗地回答：「《蠟筆小新》。」

頓時會場一陣哄堂大笑，當然我也笑了。可是笑的時候心中卻這麼想，能夠讓喜歡《蠟筆小新》的少年閱讀的《深夜特急》，真是幸運的作品！

還有一次是在靜岡的簽書會場——

我的簽書會，在我簽名的時候會請對方坐在桌前的椅子上，這樣可以邊交談邊簽名。比起一股腦地不斷簽書，這種做法手比較不痠，也能知道我的讀者都是什麼樣的人們。

在靜岡的簽書會場上，排在隊伍中央的一個年輕男子，好不容易輪到時，他很高興地跟我說：

「我一直很想見到你本人。」

「謝謝。你從事什麼樣的工作呢？」我一邊簽書一邊問。

「我是牙醫。」

我有些意外，因為我還以為他是個喜歡旅行的研究所學生，或者是進公司沒幾年的上班族。

「所以說，不太能長期旅行吧？」

聽到我這麼一問，年輕牙醫一臉遺憾地點點頭。

「就是說呀。」接著他又補充說：「所以現在才好不容易抵達羅馬。」

我聽不懂他這句話的意思，停下簽書的手看著他的臉。

「我花了七年才到達羅馬。」

聽到這句說明，我完全理解了。原來他只要一有休假，就一點一滴地慢慢走過我《深夜特急》的路線，經過七年寸斷假期的拼湊，才好不容易抵達了羅馬。

「該不會……」

「是的。我想在兩、三年內到達倫敦。」

聽到他這麼說，排隊的人群中傳來感嘆聲，我也被感動了。

我常常會聽到有些年輕人會循著我的路線去旅行，通常我都會覺得從事不一樣的旅行不是比較好嗎？可是這個年輕牙醫之旅，就某種意義來說，擁有的夢想遠超過我的旅行。

我不禁也心生羨慕。

最後回到東京，有個這樣的女孩坐在我面前。

「我下個月要去旅行。」

「去哪裡呢？」

「預定從歐洲南下到印度。」

「多久的時間？」

「大約半年。」

「一個人嗎？」

「是的，我一個人。」

「現在還是學生嗎？」

「不是，到上個禮拜為止還是粉領族。」

「工作辭掉了嗎？」

「是的。」

「就為了去印度嗎？」

「對，為了去旅行。大學畢業後認真工作了四年，想說最近應該稍微休息一下。」

「怎麼說呢……」

「我今年二十六歲，跟澤木先生開始《深夜特急》之旅的年齡一樣。」

我在進行《深夜特急》之旅時，路上看到日本女孩子一個人旅行的樣子總覺得有些危險，不過，那個女孩子卻給人一種「她應該沒問題」的堅韌性。

「是嗎，那路上小心。」

我一說完，女孩又接著說：「可是感覺上又有點不太想去，如果這時候突然決定不去了，會很奇怪吧？」

對於她的疑惑，我回答：「一點也不奇怪呀，我在旅行前也常常會有那種心情。」

「真的嗎？」

女孩略帶懷疑地反問。可是我並沒有說謊，而且那不只是發生在那個女孩和我身上而已，因為約翰．史坦貝克在《查理與我：史坦貝克攜犬橫越美國》中也這麼寫：

> 計畫長期間的旅行時，心中會悄悄湧現不想出發的心情——我也是隨著出發的日期逼近，就越來越感念溫暖的床鋪和舒適的家樣樣都好，也覺得妻子無可挑剔，越看越可愛。捨棄這一切，選擇面對可怕的未知和不舒適的環境，恐怕會被當成瘋子吧？不想出發，希望發生能讓旅行計畫中止的事情，但卻什麼事情都沒有發生。

這是計畫長期旅行時，大多數的人都曾有過的心情，至少在歐亞大陸之旅出發前的我就是如此。不用別人開口，自己已經不知道問過多少遍自己，為什麼要做那樣的旅行呢？

然而，我回答不出來。但我也沒有因為既然沒有答案那就不去了，而是想雖然沒有答案還是去吧，半帶著憂鬱的心情上路。

不只是那趟歐亞大陸之旅前夕，之後每次長期旅行出發前我都會產生那種心情。無論如何都得去嗎？難道不能不去嗎？我甚至還列出了幾個可以不去的理由，但都不是決定性的理由，就這樣在三心二意之際，預定成行的日子到了，沒辦法只好出發。

——敗給它了。

內心雖然這麼想，卻也怨不得別人，只能說是決定要去旅行的自己自作自受。

不過一旦出發後，轉眼便忘記當初的猶豫，完全投入在旅行之中。

我把史坦貝克的那段話說給了女孩聽。

「我想妳只要出發去旅行，一定很快就會融入旅行之中。」

「會嗎？」

女孩的神情顯得比較安心，道完謝後起身而去。

這時站在後面聽見我們對話的年輕人，輪到他時也開口問我。

「我也是下個月要去東南亞旅行，澤木先生在《深夜特急》的時候都帶了些什麼東西呢？」

「沒什麼特別的東西呀……」

「藥品類的呢？」

「哦，藥品類我只有請附近的醫生幫我開一些抗生素帶去而已。」

「有沒有帶雨具呢？」

「有沒有呢……我想應該是沒有吧……」

我回答時一邊心想，比起上一個女孩有如豁出一切般的坐姿，眼前這個年輕人的擔心不安與小心翼翼的程度令人覺得好笑。但是仔細想想，我其實沒有取笑那個年輕人的資格，因為我也曾面對背包煩惱著該帶什麼東西去才好。現在大家都知道有些必要的東西可以在路上買，所以行李越輕便越好，但是在當時，因為沒有人教我們這些事，只好絞盡腦汁思考該帶什麼東西。如果跟那個年輕人一樣，我也有東南亞旅行的機會，說不定我也會開口詢問，問清楚要不要帶藥品、雨具、還有內褲、襪子呢？

在為《一號國道往北行》辦理簽書會的同時，也給了我對《深夜特急》有了充新思考的機會。

在那之前，我對於《深夜特急》曾經片斷式地談過和寫過，可是在直接聽到讀者們各式各樣的詢問，並作出各式各樣的回答後，不禁起了將來要彙集成一本書的念頭——那是因為在回答來自讀者們的詢問時，我才逐漸對於《深夜特急》，或者說是對於旅行的認識更加深入的關係吧！

為什麼要從亞洲邁向歐洲呢？放棄工作踏上長途旅行，心中不覺得不安嗎？回日本後馬上就能適應嗎？為什麼寫成遊記《深夜特急》要花那麼長的時間？為什麼總是一個人出去旅行呢？為什麼……

本書所寫的內容不過只回答了那些詢問的一小部分而已，但一如韓文版《深夜特急》的〈結語〉所寫的：「旅行沒有教科書」。是的，旅行者必須從旅行中去編纂出自己的教科書。

過去我曾兩度使用「深夜特急手記」的標題：一次是用在將《深夜特急》之旅期間，寫在筆記本上的隻字片語整理成文章時；一次是雜誌《Coyote》推出《深夜特急》特集時，我應邀寫了幾篇短文，當時用的綜合標題就是它。

這本《旅行的力量》也是根據過去為了《Coyote》特集而寫的十多篇散文為主，並參照之前寫過的一些片段，重新整理成主題連貫的文章。

我想，這應該是我最後一次使用「深夜特急手記」[1]的標題吧！

本書的概念，是我和編輯《深夜特急》的初見國興先生在閒談中所產生的——自從初見先生從新潮社退休後，新井久幸先生便成為我新的諮詢對象，這位新井先生也跟初見先生一樣，很有耐性地等我寫稿，好不容易才在這種形式下完成此一作品。

裝幀設計依然委託了平野甲賀先生——因為作為《深夜特急》最後一班車的本書，整體的美編設計當然除了從第一班車就不斷帶給我們驚喜的平野先生外，不作他人想。

二〇〇八年十月二十九日

澤木耕太郎

1 此為原書名副標。

國家圖書館出版品預行編目（CIP）資料

旅行的力量：《深夜特急》最終回／澤木耕太郎作；
張秋明譯. -- 二版. -- 臺北市：馬可孛羅文化出版：
英屬蓋曼群島商家庭傳媒股份有限公司城邦分公司發
行, 2024.08
面；　公分. --（當代名家旅行文學；MM1115X）
譯自：旅する力：深夜特急ノート
ISBN 978-626-7356-94-4（平裝）

861.67　　113008940

當代名家旅行文學

MM1115X

旅行的力量：《深夜特急》最終回
旅する力：深夜特急ノート

作　　者❖澤木耕太郎
譯　　者❖張秋明
特別版序翻譯❖周奕君
封 面 設 計❖廖　韡
內 頁 排 版❖張彩梅
總　策　畫❖詹宏志
總　編　輯❖郭寶秀
行　　銷❖力宏勳

事業群總經理❖謝至平
發　行　人❖何飛鵬
出　　版❖馬可孛羅文化
台北市南港區昆陽街16號4樓
電話：886-2-2500-0888　傳真：886-2-2500-1951
發　　行❖英屬蓋曼群島商家庭傳媒股份有限公司城邦分公司
台北市南港區昆陽街16號8樓
客服專線：02-25007718；02-25007719
24小時傳真專線：02-25001990；02-25001991
服務時間：週一至週五上午09:30-12:00；下午13:30-17:00
劃撥帳號：19863813　戶名：書虫股份有限公司
讀者服務信箱：service@readingclub.com.tw
城邦網址：http://www.cite.com.tw
香港發行所❖城邦（香港）出版集團有限公司
香港九龍土瓜灣土瓜灣道86號順聯工業大廈6樓A室
電話：852-25086231　傳真：852-25789337
電子信箱：hkcite@biznetvigator.com
馬新發行所❖城邦（馬新）出版集團
Cite（M）Sdn. Bhd.（458372U）
41, Jalan Radin Anum, Bandar Baru Seri Petaling,
57000 Kuala Lumpur, Malaysia.
電話：+6(03)-90563833　傳真：+6(03)-90576622
電子信箱：services@cite.my

輸 出 印 刷❖中原造像股份有限公司
二 版 一 刷❖2024年8月
定　　價❖380元（紙書）
定　　價❖266元（電子書）

ISBN：978-626-7356-94-4（平裝）
ISBN：978-626-7356-98-2（EPUB）

城邦讀書花園
www.cite.com.tw